世界经典文学名著大全

青少年彩绘版

莎士比亚喜剧集

【英】莎士比亚 原著

马金灿 改编

当代世界出版社

图书在版编目(CIP)数据

莎士比亚喜剧集 /（英）莎士比亚(Shakespeare,W.)原著；马金灿改编. ——北京：当代世界出版社，2013.6
（世界经典文学名著大全：青少年彩绘版）
ISBN 978－7－5090－0893－5

Ⅰ. ①莎… Ⅱ. ①莎… ②马… Ⅲ. ①喜剧－剧本－作品集－英国－中世纪 Ⅳ. ①I561.33

中国版本图书馆 CIP 数据核字（2013）第 044285 号

书　　名	世界经典文学名著大全（青少年彩绘版）——莎士比亚喜剧集
出版发行	当代世界出版社
地　　址	北京市复兴路 4 号（100860）
网　　址	http：//www.worldpress.org.cn
编务电话	（010）83907332
发行电话	（010）83908409
	（010）83908455
	（010）83908377
	（010）83908423（邮购）
	（010）83908410（传真）
经　　销	新华书店
印　　刷	三河市汇鑫印务有限公司
开　　本	710×1000 毫米　1/16
印　　张	15
字　　数	190 千字
版　　次	2013 年 6 月第 1 版
印　　次	2013 年 6 月第 1 次
书　　号	ISBN 978－7－5090－0893－5
定　　价	28.80 元

如发现印装质量问题，请与印刷厂联系。
版权所有，翻印必究；未经许可，不得转载！

薇奥拉接受任务

西巴斯辛和薇奥拉是一对孪生兄妹。

安东尼奥和西巴斯辛

当西巴斯辛身体康复之后,他决定去伊利里亚散散心,安东尼奥不放心他一人前往,便和西巴斯辛一同来到了伊利里亚。

残忍的约定

谁也没有想到夏洛克居然会这么痛快地借给安东尼奥钱,而且还不要利息。巴萨尼奥在一旁感慨地说夏洛克真是一片好心啊。

鲍西娅选择丈夫

巴萨尼奥看着眼前的三个匣子,又想了想鲍西娅说的话,他摇了摇头对鲍西娅说:"还是现在选吧,否则就算在这儿住上两个月我也会不安心的,就好像是活受罪一样。"

罗瑟琳和西莉娅来到亚登森林

亚登森林是一片非常宽广辽阔的土地,两个姑娘刚到这里并没有马上找到罗瑟琳的父亲等人,反而在森林里迷了路。

罗瑟琳和奥兰多相遇

奥兰多经常一个人在森林里散步,每当想起罗瑟琳时,他便把内心的思念之情刻在树上,还经常在树上为罗瑟琳写一些情诗,偶尔还会写一些纸条撒在森林中。

回帕度亚的途中

等一切准备完毕,彼得鲁乔三人带着几个仆人便踏上去帕度亚的旅途。

有名的悍妇

凯瑟丽娜是帕度亚有名的悍妇,没有人敢向她求婚,就算有不怕死的贵族上门提亲,也会被她打骂出门。

花园里的"偷听"

贝特丽丝傻傻地愣在了那里,这个消息对她震撼太大了。她从来没有想过培尼狄克会如此地深爱自己,心里开始胡思乱想起来。

欢喜冤家

贝特丽丝和培尼狄克是一对欢喜冤家,两个人都对婚姻抱着否定的态度。他们一见面总是避免不了一场唇枪舌战,各不相让。

克劳狄奥被判绞刑

公爵文森修离开了自己的宫殿来到了城内,他乔装成一位教堂的教士,为了不让别人认出来,他还戴上一个大大的头巾来掩饰自己的身份。

控告安哲鲁
公爵假装赞扬地对安哲鲁和爱斯卡勒斯说:"我不在的这些日子真是辛苦两位了。"

海丽娜离家出走

海丽娜开始整理自己的行李,然后给伯爵夫人留了一封信,当天夜里就离开了伯爵夫人家。

有魔法的"爱懒花"

这种花叫"爱懒花"。听说如果把这种花的汁液滴在睡着了的人的眼皮上,无论男女,醒来后第一眼看到的东西,不管是狮子、老虎还是大象,甚至是奇丑无比的驴,他都会无法自拔地爱上他所看见的东西,并且疯狂而又强烈地追求它。

本书内容简介

　　莎士比亚是世人皆知的文学大师,他的作品富含人生哲理,思想深邃,是世界文学宝库中的瑰宝。

　　莎士比亚喜剧是莎士比亚戏剧中的重要部分,主要有讽刺性喜剧《威尼斯商人》、有情人终成眷属的喜剧《仲夏夜之梦》、以善胜恶的喜剧《皆大欢喜》、讴歌爱情、友谊之美的喜剧《第十二夜》,以及《无事生非》、《一报还一报》等一系列作品。这些喜剧对爱情、友谊进行了热情的赞美,同时也对坏人进行了鞭笞。

　　本书选取了莎士比亚的几部经典喜剧作品,从青少年喜爱的角度出发,重新以故事的形式编写,以便读者阅读。

目录

第十二夜 1

威尼斯商人 29

皆大欢喜 57

无事生非 87

驯悍记 117

一报还一报 147

终成眷属 177

仲夏夜之梦 207

第十二夜

世界经典文学名著大全
·青少年彩绘版·

一

薇奥拉接受任务

　　西巴斯辛和薇奥拉是一对孪生兄妹。有一次，二人乘船出外游玩。天空万里无云，碧绿的海面上有几只海鸥飞过。兄妹二人正在甲板上欣赏这美景的时候，突然不幸的事发生了，暴风雨不期而至，船触到了礁石而沉没。船上的人大部分都落水遇难，幸运的是，妹妹薇奥拉被船长救到了救生小船上，薇奥拉从船长口中得知哥哥西巴斯辛已经被海水冲走了。

　　她非常的伤心，以为哥哥西巴斯辛已经葬身海底。薇奥拉和哥哥长得十分相像，感情非常好，失去了哥哥的薇奥拉无比难过。

好心的船长安慰了她许多，并告诉她海难发生的时候，他看见西巴斯辛把自己捆在一支飘在海面的桅杆上，随着海浪漂走了。听了船长的话，薇奥拉又燃起了一丝希望，她在内心祈祷着哥哥也能死里逃生。

薇奥拉心情平复之后，船长把她带到了伊利里亚，薇奥拉很少出远门，对这片陌生的土地有点不安，她问船长这是谁的国土，船长告诉她这片领地属于高贵的奥西诺公爵。薇奥拉对这个名字很熟悉，因为她的父亲曾经提过这个人，而且她还知道奥西诺还没有娶妻。

船长又告诉薇奥拉，虽然奥西诺公爵还没有娶妻，但他正向城里一位伯爵家的千金奥丽维亚展开热烈的追求。奥丽维亚的父亲一年前去世了，父亲去世后奥丽维亚一直由她的哥哥照顾，不幸的是她的哥哥也在不久前去世了。奥丽维亚为了报答哥哥的关心和照顾，发誓以后不和任何男人来往。

薇奥拉想到自己独自一人在一个陌生的城市，开始为以后的生活担忧起来。薇奥拉本想去奥丽维亚家做女佣，但是船长却告诉她这件事很难办到，因为奥丽维亚不会接受任何人的请求，就连奥西诺公爵的请求她也是拒绝的。薇奥拉想来想去，忽然灵机一动想到一个办法。

她想女扮男装去奥西诺公爵家里做个侍从，她请求船长不要拆穿她的身份，并把她引荐给奥西诺公爵。船长很同情这位可怜的姑娘，便答应了她的请求，薇奥拉把带在身上的钱交给了船长，请他去帮忙买一些平时她哥哥常穿的衣服。

薇奥拉换上船长买来的衣服，穿戴好之后，船长惊叹，她看上去简直和她哥哥一模一样。为了不引起别人的怀疑，薇奥拉给自己起了个新的名字叫西萨里奥。在船长的帮助下，薇奥拉当上了奥西诺的侍从。由于薇奥拉长相俊美、聪

明伶俐并且还会唱歌,很快就得到了公爵的宠爱,公爵身边的其他侍从对薇奥拉既是羡慕又是嫉妒。

有一天,奥西诺把薇奥拉叫到身边来并对她说:"西萨里奥,你是知道的,我心中的秘密已经毫无保留地告诉了你。我深爱着奥丽维亚,但是一直没有求婚成功,为此我整日沉迷于萎靡的音乐以打发时光。上帝,我是多么想得到她啊!现在我派你去奥丽维亚家,我知道她一定不肯见你,但就算站到脚下生了根,你也不可以放弃,直到她肯见你为止。如果你见到了她,一定要告诉她我对她的爱恋与痴情。"薇奥拉很担心奥丽维亚不会见她,奥西诺却说:"你可以完全不顾礼貌地跟他们吵闹,但一定不可以空手而回。西萨里奥,我相信你可以办到的,你那么的多才多艺,性格柔顺又长相俊美,奥丽维亚一定会喜欢你的。"

听了公爵的话薇奥拉便不再说什么,奥西诺再次叮嘱她如果奥丽维亚小姐肯见她的话,一定要向她转达自己对她狂热的爱恋和真诚的心意。当一切都嘱咐完毕之后,才让薇奥拉前往奥丽维亚小姐家。

奥西诺根本不知道薇奥拉是一位女扮男装,并且出身高贵的小姐。如果他知道了真相,不知道他会怎么想。而薇奥拉经过这一段和奥西诺的相处,心里也渐渐地爱上了这位对待爱情执著的公爵。但由于现在自己是女扮男装,加上奥西诺一心只想着奥丽维亚,薇奥拉只能把这份爱藏在心底。

世界经典文学名著大全
·青少年彩绘版·

二

薇奥拉初见奥丽维亚

奥丽维亚有个叔叔名叫托比,是个只会喝酒的懒伯爵,奥丽维亚看他独自一人生活,怕他寂寞便把他接到自己家来住。托比每天都会外出喝酒很晚才回来,这天他又像往常一样醉醺醺地回来了,正好撞见奥丽维亚的侍女玛丽娅。玛丽娅虽然是个侍女,却很瞧不起整天无所事事、只会喝酒的托比老爷。见到他又这个样子回来,忍不住讽刺了他几句:"我说托比老爷,您晚上得早点回来了,小姐对您总是深夜才回很不满意。您是一位高贵的伯爵,做事应该有个分寸,如果您每天都这样酗酒,是不是有点太失身份了?"

托比眯起他那不大的眼睛看着玛丽娅,顶着他那红红的鼻子,慢吞吞地对

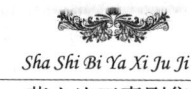

她说着酒话："身份？难道我这身衣服不合身份吗？我一直觉得穿这种衣服去喝酒，也是很有身份的。"说完他看了看自己的衣服，还在原地转了一圈，仿佛是在证明自己说的没错。玛丽娅看着他，觉得他真是无可救药了，无奈地摇了摇头，怕他继续胡说下去便转移了话题，对托比说："小姐昨天还说，您怎么可以把那个粗鲁的骑士安德鲁带到家里来，而且还让他住在这里，每天还和他喝酒吵闹到深夜。更过分的是，他居然开口向小姐求婚，您是知道的，小姐一向最讨厌愚蠢无知的追求者。"

托比老爷很不认同玛丽娅的话，反对地说："安德鲁在伊利里亚也算是一表人才了，还会拉低音提琴。呃，说他无知，这是不可能的事情，他会说好几种其他国家的语言呢，最主要的是他一年有三千金币的收入。"

玛丽娅却不以为然地说："可我听说他在一年内就把这些钱都花光了，我觉得他不仅是个天生的傻瓜，而且还是一个只会惹是生非的家伙。我听说他经常为了城里的姑娘和别人决斗，看来他还是一个风流的浪子呢。"

两个人正在说话的时候，争执的主角安德鲁从房间走了出来，看到两个人在聊天便走过来和他们打招呼。玛丽娅原本就对他没有什么好感，又见他说话像个粗人，就更加讨厌这个人。于是她没说几句话便借口说小姐找她就离开了。托比又和安德鲁说了一阵酒话之后，也都回到了各自的房间。

薇奥拉带着奥西诺给她的使命来到了奥丽维亚家，正如她所担心的一样，奥丽维亚家的人听说她是奥西诺家派来的人，用尽了推托之词不见薇奥拉。先是奥丽维亚喝醉了酒的叔父托比，之后是奥丽维亚家的管家马伏里奥，分别对她说了很多借口让她离开。不过不管他们怎么说，聪明的薇奥拉，总会凭借她的伶牙俐齿把他们说得哑口无言。没有办法，管家只能回房间去找奥丽维亚小姐帮忙。

奥丽维亚自从哥哥去世之后,就一直开心不起来,每天都沉浸在失去哥哥的悲伤里。管家马伏里奥看在眼里,非常的心疼小姐,于是便花钱请来一位小丑。他希望这个小丑能每天陪小姐说说话,逗她开开心。小丑每天都会对奥丽维亚小姐说些安慰的话,对她说:"亲爱的小姐,既然你哥哥的灵魂在天上,你又有什么好不开心的呢?你应该相信他现在过得很好。"除了对她说些话之外,小丑还经常给她讲些笑话,做一些滑稽的动作,让奥丽维亚渐渐地走出哥哥去世的悲伤,变得逐渐开朗起来。这一天小丑正在想尽办法逗小姐,忽然看见管家马伏里奥匆匆忙忙地走了进来。

管家擦擦头上的汗,对小姐说:"小姐,外面有个少年说是奥西诺公爵家的侍从,坚决要见小姐,我按照小姐的吩咐拒绝他进来,并叫他离开,可他每次都有说服我让他进去的理由,我实在是没有办法,只能向小姐如实禀报了。"

之前托比老爷在见完薇奥拉之后,奥丽维亚曾问过他外面来的是怎样一个人。而托比却告诉她,薇奥拉像个绅士。虽然她知道叔父的酒话是不可信的,但她总觉得叔父能把公爵家的侍从形容成一位绅士,便猜想这个侍从和以往的不同。而她又觉得很奇怪,既然是绅士为何如此难缠,她很好奇地想知道这个人长得什么样子。

管家马伏里奥摸了摸自己的头发开始说到:"呃……怎么形容呢!说是个大人吧,年纪还太轻些;说是个孩子吧,又好像大了些。他就像是一颗没有成熟的豆芽,或是一只半生不熟的苹果,既像个大人又像个小孩,介乎两者之间吧。他长得很漂亮,说话也很厉害;但看他的样子,似乎就是一个乳臭未干的小子。"

管家的这番形容勾起了奥丽维亚的好奇心,她吩咐管家让薇奥拉进来,随

后叫侍女把面纱拿过来自己带上,以表示自己对外界的一切都心如死灰。薇奥拉听到奥丽维亚同意见她的时候,心里非常的高兴,心想这样回去还能对公爵有个交代。

当她见到奥丽维亚的时候,就用她在上流社会交际用的语言来赞美她,薇奥拉说:"噢,尊敬的奥丽维亚小姐,虽然我还没有看到您的尊容,但从您的行为举止中,我能感受到您那高贵的气质。难怪我家公爵对您日思夜想,一心只希望能得到您的爱。"说完这些,薇奥拉又转达了奥西诺公爵对她的思念与热恋。奥丽维亚却不为所动,她用冰冷的口气对薇奥拉说:"听说你刚刚在门口反应机敏,伶牙俐齿,把管家说得无言以对,我只是想看看你到底是个什么样的人才让你进来的,并不是想听你这些赞美之词和公爵让你转达的话。"

玛丽娅听见小姐这么说,以为小姐很讨厌公爵派来的侍从,于是便毫不客气地对薇奥拉下了逐客令。薇奥拉很是生气,心想她们怎么可以这样对待公爵派来的人。便开口让奥丽维亚好好管教自己家的侍女,不应该如此没有礼貌。薇奥拉生气归生气,却也没有办法,临走之前她想看一看傲慢的奥丽维亚的容貌,便请求奥丽维亚把面纱摘掉,奥丽维亚对薇奥拉的聪明与俊美颇有好感,于是她答应了薇奥拉的请求,摘掉了面纱。

初见奥丽维亚容貌的薇奥拉,被她的美貌所惊呆了,一时间竟不知道说什么。唯一能从她口中说出的,就只有赞美之词:"您的美貌要是一切都出于上帝的手,那真是绝妙之笔。您真的是太骄傲了,真不应该拒绝奥西诺公爵的爱慕之情。要是我也像我主人一样热情地爱着您,我绝对不会像他那样只会沉浸在失恋的痛苦里,使自己活得了无生趣。"

奥丽维亚听了薇奥拉的话,好奇地问她:"那么你会怎么做呢?"薇奥拉接着说:"我要在您的门前用柳枝筑成一所小屋,不时到府中访问小姐您;我要吟唱被冷淡了的忠诚的爱情的篇章,不顾夜晚有多么的黑,我都要把他们放声歌唱,我要冲着带有回声的山崖呼喊小姐的名字,使饶舌的风都叫着'奥丽维亚'这个名字。您一定会被感动地答应我。"

薇奥拉这番假设爱情的倾诉,更让奥丽维亚对她的喜爱增添几分。她问薇奥拉:"你的家世如何?"薇奥拉回答说:"超过了我目前的境遇,我是一个有身份的人。"奥丽维亚看了看她,想了想说:"你先回去吧,告诉你家公爵不要再派人来了,我是不会爱上他的,但……"奥丽维亚看着薇奥拉,然后从衣兜里拿出了一些零钱,接着说:"你记得要来见我,告诉我奥西诺对我的答复觉得怎么样,这些钱是赏给你的,你辛苦了。"薇奥拉摇了摇头并没有伸手去接钱,她对奥丽维亚说:"尊贵的小姐,我不是一个要钱的信差,应该得到报酬的不是我,而是我家公爵。"

最后,薇奥拉看着奥丽维亚说:"但愿爱神使您所爱的人也是心如铁石,好让您的热情也跟我主人一样遭到轻蔑!再见了,美丽而又冷漠的小姐。"说完薇奥拉便起身离开了。

三

教训管家马伏里奥

薇奥拉走后,奥丽维亚一直在想薇奥拉说过的话,回忆着她的神态举止,她觉得薇奥拉一定是一个出身高贵的美少年,她已经深深爱上了奥西诺公爵派来的这位侍从。奥丽维亚想到了一个能向薇奥拉表明心迹的办法,她假称公爵派来的人硬留下了一个戒指,叫管家马伏里奥拿着自己的戒指去还给薇奥拉。

马伏里奥管家带着小姐的戒指快步离开了家去找薇奥拉。由于薇奥拉走路缓慢,马伏里奥很快就追了上来。

他把戒指塞到薇奥拉的手里,并对她说:"先生,这是我家小姐还给你的戒

指。为什么你在离开的时候不自己带走呢?对了,我家小姐还说,你一定要让公爵对她死心。还有啊先生,我劝你一句,不要再替公爵说好话了,下次您来的时候,只要向我们小姐告诉公爵听到答复的反应如何就行了。"说完这些话,马伏里奥便又匆匆忙忙地离开了。

薇奥拉看着手里的戒指,觉得很奇怪,心想自己并没有给奥丽维亚留过什么戒指啊。她不禁自言自语起来:"奥丽维亚小姐是什么意思呢?希望她不是被我的外貌迷上了就好。可是她确实是一直盯着我看,甚至我觉得她都看出神了。"

想到这里她突然明白了,奥丽维亚小姐一定是爱上自己了,所以才会叫管家送来戒指以表明她对我的心意。想到这里聪明的薇奥拉不禁暗自叹了口气,觉得上帝真会捉弄人,她深深爱上了奥西诺公爵,而奥西诺却又只钟情于奥丽维亚小姐,奥丽维亚小姐却又看上了她,而她又是一个女扮男装的女人,真是令人哭笑不得。

薇奥拉这边正叹息不已,而奥丽维亚家里却发生了一件有趣的事情。

有一天晚上托比老爷又一次喝得醉醺醺深夜归来,见安德鲁房间灯还亮着,就想着再去他那儿放松放松,于是便把给小姐解闷的小丑叫来一同去安德鲁房间。

小丑为托比和安德鲁唱了一首歌,歌词轻快无比:"你要去哪里呢?我亲爱的姑娘!听呀,你的心上人从那边走来,嘴里吟着欢快的曲调。不要再走了,美丽的姑娘;你们二人的相遇就是旅程的结束,这样简单的道理,每个人都是了解的;什么才是真正的爱情呢?它应该不在明天,我们每天都要及时行乐,将来会发生的事又有谁能预料得到呢?不要浪费了我们大好的青春和年华;快来亲吻

我吧,美丽的姑娘,转眼间青春就会化成衰老。"安德鲁和托比一边对他的歌喉赞不绝口,一边却又忍不住挖苦他几句。三个人在房间里又是吃又是唱,非常的开心。

但是他们的声音太大了,以至于惊动了侍女玛丽娅,她非常的生气,便去安德鲁房间警告他们三个人:"看在上帝的分上,你们安静些吧!如果被马伏里奥管家听见的话,他会叫小姐把你们全赶出去的。"那三个人却不以为意继续吵闹着。正说着马伏里奥就进来了,看到这样的场面,气愤地对他们说:"我的上帝,你们疯了吗,这是怎么啦?难道你们都不长脑子吗,一点规矩和礼貌都不懂,在这种夜深时候还要像一群发酒疯的补锅匠似的乱吵?竟然唱那种鞋匠的歌儿吗?难道你们都不想想这里是什么地方,这儿住的是什么人,或者现在是什么时间了吗?"

说完这些话,他觉得还没有完全发泄完愤怒,便开始挨个训斥,第一个是托比,"托比老爷,虽然您是小姐的叔父借住于此,不表示你有权利在这里胡闹。如果您守规矩,那么我们欢迎您在这儿;如果你还要继续胡闹下去的话,我一定禀告小姐让你离开。"随后他又把矛头指向了玛丽娅,"玛丽娅姑娘,小姐对你很好,你没有阻止他们吵闹就已经做得不对了,居然还和他们一起胡闹。这件事我一定会如实告诉小姐。"说完马伏里奥甩了甩袖子,气呼呼地离开了。

玛丽娅心里很生气,心想自己又没做什么,却被管家教训一顿。她觉得自己很委屈,便向托比三人抱怨对马伏里奥的不满。托比老爷、安德鲁还有小丑都一起安慰她,并和她商议如何整治一下这位高傲的管家。玛丽娅心生一计,对他们三个说:"这件事你们就不要担心了,我已经想到了一个很好的办法。如果这都不能整治他的话,我便连个蠢材都不如。"

玛丽娅的这番话引起了三人的好奇，便问她是什么样的计划。玛丽娅得意地对他们说："他是个鬼清教徒，性格反复无常，却懂得如何讨小姐的欢心。他只会装腔作势，背熟了几句官话，便觉得自己很了不起，以为谁看见他都会爱上他。我可以凭着这个弱点堂堂正正地给他一顿教训。"

托比问她打算怎么做，玛丽娅接着说："首先我要模仿奥丽维亚小姐的笔迹给马伏里奥写一封暧昧的情书，里面活生生地描写他胡须的颜色、他腿的形状、他走路的姿势、他的眼睛、额角和脸上的表情，并表达小姐对他的爱慕之情。之后我再把这封信丢在马伏里奥常走的路上。当他看完情书以后一定会以为小姐爱上了他，到时候我们就有好戏看了。"商量完计划之后，他们就各自回到了自己的房间，等待着第二天的到来。

第二天，马伏里奥果然在他常走的道路上捡到了那封情书，并打开阅读起来。而玛丽娅等人则躲在树后偷看马伏里奥的表情。

当他把情书看完了以后，整个人便变得恍恍惚惚起来，嘴里一直说着："小姐会爱上我？呵呵，这不过是运气，不过是运气罢了。"看到这里，玛丽娅等人不禁失笑起来。不过马伏里奥接下来的话，却让托比和安德鲁有着想出去打他一顿的冲动。他到底说了什么，会让他们如此气愤？

原来马伏里奥是在幻想和小姐结婚以后的情景，他自我陶醉地说着："我和奥丽维亚小姐在所有人的祝福声中结为了夫妻。到了我和她结婚三个月的时候，我坐在我的宝座上，身上披着绣花的丝绒袍子，召唤我的群臣过来。那时我刚睡完午觉，撇下还在沉睡的奥丽维娅。"

听到这里，树后的三个人已经乐翻了天，马伏里奥却浑然不知，还在继续做他的白日梦："那时我装出一副威严的样子，目光高傲地看着众人，对他们表示

我知道我的地位,他们也必须明白自己的身份,然后吩咐他们去请我的托比叔父过来。我派了七个仆人恭恭敬敬地前去找他。这段期间,我不时地摸摸我的手表,或者看看我的珠宝。不一会儿,托比叔父到了,我向他伸了伸手,用一副庄严的威势来掩饰我那亲昵的笑容。我对他说:'托比叔父,您的侄女不嫌弃我嫁给了我,那么就请您准许我这样说话,您必须把酒戒掉,而且,您也不应该把宝贵的光阴浪费在跟一个傻瓜骑士在一起,这太不像话了。'"

听到这里,安德鲁和托比非常的生气,尤其是安德鲁,恨不得马上拔剑杀了这个可恶的家伙。可他为了计划顺利进行只能忍了下来。众人看着疯癫的马伏里奥,心中的怒气也消失了一大半。马伏里奥渐渐地走远,玛丽娅几人也都回去干自己的事情去了,他们知道教训马伏里奥的计划还没有结束。

世界经典文学名著大全
·青少年彩绘版·

四

奥丽维亚向薇奥拉表白

薇奥拉回到了奥西诺公爵那里，向他禀告了奥丽维亚拒绝他求爱的经过，奥西诺对奥丽维亚的爱一往情深，他并没有因为她的拒绝而就此罢休。

他让薇奥拉带着一颗珍珠再次去拜访奥丽维亚小姐。奥西诺对薇奥拉说："告诉奥丽维亚小姐，我对她的爱是超越世间一切的，命运赐给她的尊荣财富和土地不是我所看重的事物，唯一吸引我灵魂的，是她的天赋、她的灵奇和绝世的仙姿。"薇奥拉担心奥丽维亚会再次拒绝公爵的爱，并把自己的担心告诉了公爵，公爵生气地说："我不要听到这样的答复，你一定要想尽办法让她接受我的爱。"

薇奥拉见公爵这样坚定不移地爱着奥丽维亚，很受感动却又很难过，她情不自禁地问奥西诺："如果有一位姑娘，也像您爱着奥丽维娅一样痛苦地爱着您，可您却不爱她，她也活在相思的痛苦里，那么公爵您又该打算怎么做呢？"

公爵不以为意地说："这世界上还有哪个女人的心胸有我这么宽广，她们娇小的身体怎么能像我一样，承受那么强烈的爱情？不要把一个女人所能对我发生的爱情和我对奥丽维亚的深情相提并论。"听了奥西诺的回答，薇奥拉非常的难过，只能带着悲伤与使命再次去奥丽维亚家。

薇奥拉这一次的求见，并没有像上次那么困难，因为奥丽维亚巴不得早点见到自己的心上人。薇奥拉被奥丽维亚的侍女恭恭敬敬地请到了花园里。当奥丽维亚看到薇奥拉的时候，便把身边的侍从一一支开，只剩下她们两个人，并拉起薇奥拉的手亲热地说话。

薇奥拉刚想开口告诉奥丽维亚她这次来还是为了表达公爵对她的爱恋之情，奥丽维亚看出了薇奥拉想说的话，立即打断了她的话头，并叫她不要再提起公爵的名字。相反的，奥丽维亚却向薇奥拉暗示，如果是薇奥拉自己向她求爱的话，她便乐于接受。薇奥拉脸红地想把话支开，可奥丽维亚却对她说："自从上次你到这儿之后，我就迷醉了。我叫人拿了个戒指追你，我欺骗了我自己，欺骗了我的仆人，同时也欺骗了你。我把那明知不属于你的东西硬叫你收下，你会不会看不起我？你会怎样想呢？"她停了下，接着说："像你这样聪明的人，我已经表示得太露骨了，现在我想听听你的意见。"

听了奥丽维亚露骨的表白，薇奥拉不知所措，不知道自己该说什么，只能左躲右闪地不正面回答她的问题。奥丽维亚误把薇奥拉的这种态度看作是一种骄傲的表现，于是她作了一首诗来向薇奥拉表达自己对她的爱意："你那冷然的

世界经典文学名著大全
·青少年彩绘版·

神态是那么的美丽！爱情比犯杀人罪更难隐藏，在爱情的夜晚里却有着耀眼的阳光。亲爱的西萨里奥，凭着春日蔷薇、贞操、忠信与其他的一切，我爱着这样真诚的你，不顾你的骄傲，理智拦不住热情的宣告。不要以为我这样向你求情，你就可以无须再献殷勤；须知求得的爱虽费心力，不劳而获的感情却更应该懂得珍惜。"

面对奥丽维亚的这一片真情，薇奥拉自有她自己的难言之隐，她也做了一首诗想委婉地拒绝奥丽维亚小姐："我发誓，凭借着我的天真和青春，我只有一颗心代表着一片忠诚，没有女人能够把它占有，只有我是我自己的君后。再见了，尊贵的小姐，我不会再为了我家公爵来苦苦求爱于你。"说完薇奥拉便离开了。

薇奥拉和奥丽维亚小姐手拉手在花园里亲热谈话的情景，被愚蠢而又鲁莽的爵士安德鲁看见了，当安德鲁看到奥丽维亚对薇奥拉如此的热情，而对自己却总是那么的冷淡，心想自己居然连公爵家的一个侍从都不如，觉得自尊心受到了伤害，不由得怒火中烧。

他气愤地来到托比的面前，把他所看到的一切以及自己的愤怒告诉了托比，说他没有办法继续在这里待下去了。托比安慰了他几句并给他出了个主意："我亲爱的朋友消消气，相信我是站在你这边的，你不如去找那个少年决斗，在决斗中把他打败，到时候我的侄女一定被你的勇猛所打动，你要知道世上没有一个媒人会比一个勇敢的名声更能说动女人的心了。"安德鲁听后觉得这是一个好办法，于是便着手写挑战书。可是安德鲁没有什么文化，怕自己写的出来的东西别人看不懂，便让托比和小丑在一旁为他指点不足。

与此同时，奥丽维亚觉得上次和薇奥拉见面有些急躁，她怕薇奥拉以后不

再理她,于是又差人去请薇奥拉,想缓和一下上次紧张的关系。奥丽维亚坐在家里,心里想的满满的都是薇奥拉,却又不知道自己该怎么做,这时她想到了管家马伏里奥,奥丽维亚觉得他严肃,懂规矩,应该会对自己有些帮助。于是便让玛丽娅把马伏里奥叫过来。

玛丽娅边走边笑,心里乐开了花,因为她知道如果马伏里奥见到了小姐一定会胡言乱语、丑态百出的。这才是她的计划真正实施的时刻,想到这里她不由得加快了脚步。

果不其然,马伏里奥见到奥丽维亚小姐之后表情非常的不自然。他一直看着小姐傻笑,还不停地吻着自己的手。奥丽维亚觉得很奇怪,但又不知道他为什么一直看着自己笑。原本奥丽维亚想让他帮忙出出主意,怎么才能讨薇奥拉的欢心,可马伏里奥却一直用手摸着他的黄袜子,还一味地说着奇怪的话,这让奥丽维亚非常的反感。

这时另一名侍女进来汇报说,派去公爵家的人已经把薇奥拉请来了,正在门口等候。奥丽维亚趁这个机会叫玛丽娅把马伏里奥带走,并告诉玛丽娅她永远不想再见到那位恶心的管家。玛丽娅心里非常的高兴,因为她要的就是这样的结果。

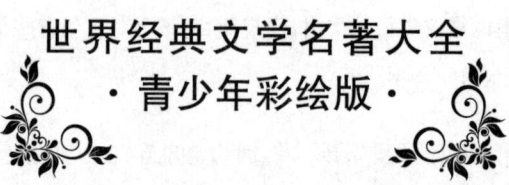

五

安东尼奥和西巴斯辛

薇奥拉这一次和奥丽维亚见面,是抱着拒绝的态度的。她再一次转达了奥西诺公爵对奥丽维亚的爱,可奥丽维亚却说她的爱全部给了薇奥拉。薇奥拉面对如此痴心的奥丽维亚,只能以逃避的方式面对这份不该有的感情,她假称公爵家里还有些事情需要处理便起身离开了。巧的是薇奥拉刚离开奥丽维亚的房间,便撞上了托比老爷,托比告诉她安德鲁要向她挑战,薇奥拉却一头雾水不知道发生了什么,她觉得很奇怪,自己并没有得罪过安德鲁,为什么他要向她挑战呢?薇奥拉正在疑惑的时候,安德鲁从房间走了出来,走到她面前并把挑战书扔给了她。

安德鲁怒气冲冲地对薇奥拉说:"如果你不是懦夫,就接受我的挑战。"薇

奥拉没有办法,只能硬着头皮去接受挑战。当愚蠢的安德鲁向薇奥拉拔出剑的时候,薇奥拉很后悔不该女扮男装,更不该接受他的挑战。正当薇奥拉进退两难的时候,突然跳出一个人,走到她和安德鲁的中间,并拔出自己的宝剑对安德鲁说:"放下你的剑。要是这位年轻的先生得罪了你,我替他担个不是;要是你得罪了他,那我可是不会善罢甘休的。"和安德鲁同来的托比被这突然跳出来的人吓了一跳,他很疑惑地问来人是谁,为什么要帮着薇奥拉。

来人指着薇奥拉说:"我是他的好朋友,为了他,无论什么事情我都会说到做到。"托比看着来人和薇奥拉两个人,觉得安德鲁一个人会应付不来,于是也拔出了剑,拉开了阵势准备决斗。正在这时来了两个警察,对救薇奥拉的来人说:"安东尼奥,我奉奥西诺公爵之命来逮捕你,虽然你没有带着水手的帽子,但我还是认得出来你的。"说着便把他扣了起来。这位名叫安东尼奥的先生看着薇奥拉并对她说:"这场祸事都是因为要来寻找你而起,可是没有办法,我必需服罪。现在我不得不向你要回我的钱袋了。"薇奥拉觉得很奇怪,心想:"我并没有拿这个人的钱袋啊。"

但薇奥拉为了报答他搭救自己的好意,愿意把她随身所带的钱财分给他一半。安东尼奥见薇奥拉用这样的态度对自己,生气地大骂她忘恩负义,并对她说:"西巴斯辛,我从死神手中把你救了出来,我用神圣的爱心照顾着你,我以为你的样子是个好人,才那样看重你。你虽然长得像天神,可却拥有一颗魔鬼的心,你这样的行为未免太对不起你的长相了。"

薇奥拉原本大惑不解,但一听到他叫自己西巴斯辛时才恍然大悟,不禁自言自语起来:"西巴斯辛,这不是我哥哥的名字吗,这个人把我错认成了我的哥哥,证明我的哥哥还活着,真是一个令人振奋的消息。"

事实正如薇奥拉所料,这位安东尼奥先生正是她哥哥西巴斯辛的救命恩人,他也是一位船长。

在海难发生后,西巴斯辛就随着桅杆一直在海上漂浮着。直到有一天,安东尼奥在出海航行的时候,在海面救起了奄奄一息的西巴斯辛,并对他细心照顾。西巴斯辛在安东尼奥的悉心照料下,身体慢慢地恢复起来。随着身体逐渐转好,西巴斯辛也开始烦恼起来。一方面他对安东尼奥救了自己的命充满了感激,另一方面他又觉得自己是个不祥之人,不想连累好心的安东尼奥,于是决定向安东尼奥辞行。

临行前他决定把自己的身世遭遇告诉安东尼奥。他对安东尼奥说:"亲爱的朋友,我的父亲便是梅萨林的西巴斯辛,我知道您一定听说过他的名字。他死后丢下我和一个妹妹,我和妹妹长得很像,如果我和她穿一样的衣服,你一定很难分清我们。我妹妹长得很漂亮,我多么希望上天也能让我们两人在同一个时辰死去!但安东尼奥,是您改变了我的命运,因为就在您把我从海浪里搭救起来之前不久,我的妹妹已经淹死了。"说完这番话,西巴斯辛不免伤心起来,他想到薇奥拉,他以为在那次海难中妹妹已经过世了。安东尼奥并没有觉得他是个不祥之人,相反的,他向西巴斯辛表达了诚挚的友谊,并决定精心照顾他直到他完全康复。

当西巴斯辛身体康复之后,他决定去伊利里亚散散心,安东尼奥不放心他一人前往,便和西巴斯辛一同来到了伊利里亚。西巴斯辛想去游览这里的名胜古迹,安东尼奥却说:"请你原谅我不能和你一同上街游玩,以前我曾参加过海战,和这里的公爵奥西诺的舰队发生过战争。如果我被他们的人看到,一定会被抓起来的。"说完这些,安东尼奥又想到了一件事,他把自己的钱袋拿了出来交给了西巴斯辛,并对他说:"这儿是我的钱袋,你拿着吧,我怕你看到想买的东西而钱又不够。南郊的大象旅店是最好的下宿之地,我先去订好房间,你可以在城里逛逛,然后再到那里找我就好了。"

两个人在街头分手以后,安东尼奥在去大象旅店的路上,恰好撞见鲁莽的安德鲁向薇奥拉挑衅,他错把薇奥拉当成了西巴斯辛,所以拔剑相助,但他没想到的是这样的举动会引起警察的注意,并被认出曾经是奥西诺公爵的敌人,便

被抓了起来。安东尼奥以为以后不会再见到西巴斯辛,才想着要回自己的钱袋。

再来说说西巴斯辛,自从和安东尼奥分手之后,他便在伊利里亚城里四处游逛了一圈,不知不觉来到了奥丽维亚家附近,正巧碰见了刚在街上决斗回来的安德鲁和托比,二人错把西巴斯辛当成了薇奥拉,安德鲁正愁刚在街上的怒气没处撒,便又拔剑和西巴斯辛对打了起来。

两个人的打斗惊动了正在休息的奥丽维亚,便让玛丽娅出门去看看发生了什么事。玛丽娅错把西巴斯辛看成了薇奥拉,便回报小姐说是安德鲁和薇奥拉在门外决斗起来。奥丽维亚一听到心上人的名字马上跑了出来。她怒斥安德鲁并叫他住手,转身用温柔的声音对西巴斯辛说:"你是个有见识的人,不要和鲁莽的人计较,这回的惊扰实在太失礼、太不成话了,请你不要生气。跟我到舍下去吧,我可以向你讲述这个人是多么的可笑,听完之后你就不会在意他的粗鲁举动了。"说完便拉着西巴斯辛走进了自己的家。

西巴斯辛非常的奇怪,因为自己并不认识这位貌美的小姐。但他从第一眼见到奥丽维亚的时候便萌生了爱意,于是便顺从地跟她走进了家里。

奥丽维亚送了西巴斯辛一颗珍珠,因为怕好事多磨,她着急地让玛丽娅去找一位牧师来,想在自己家的礼堂里和西巴斯辛举行秘密婚礼。西巴斯辛慢慢地察觉到这中间应该是有什么误会,可是奥丽维亚急切地不容他多想,好在西巴斯辛对奥丽维亚一见钟情,他也乐于这样将错就错。只是玛丽娅怎么可能在这么短的时间内找来一位牧师?情急之下,她把小丑叫了过来,让他穿上牧师的衣服,并给他化好妆,请他假装一下牧师。于是奥丽维亚和西巴斯辛两个人在"牧师"的鉴证下结为了夫妻。

六

真相大白

奥丽维亚和西巴斯辛喜结良缘,而奥西诺公爵家这边现在却是一团糟。警察把安东尼奥抓起来之后,直接送往奥西诺公爵家,薇奥拉想替自己的救命恩人辩解,同时她也想从安东尼奥口中得知哥哥的下落,于是也跟着警察回到了奥西诺那里。

当警察把安东尼奥带到奥西诺面前的时候,奥西诺一眼便认出了他,因为奥西诺和安东尼奥在海战中正面交锋了很多次,在坎迪的时候安东尼奥把"凤凰号"商船以及船上的货物都劫了去;在"猛虎号"船上把他的侄子削去了双腿。奥西诺对他恨之入骨,之后的很多次战争中,奥西诺总想报仇却一直都没有机

会。现在仇人就在他面前,奥西诺又怎么会轻易放过他呢。

他正准备下令惩罚安东尼奥,薇奥拉却上前阻止,并对他说:"公爵大人,手下留情,这个人刚刚在大街上救了我,能不能网开一面饶恕他呢?"

奥西诺觉得很奇怪,在他眼里安东尼奥是一个十恶不赦的坏人,又怎么会对薇奥拉拔剑相助呢?安东尼奥看出了奥西诺眼里的疑惑,便对他解释说:"尊贵的公爵大人,我并不是你想象中的那般十恶不赦,我没有做过海盗或者劫匪,我承认我是你的敌人,但请允许我把今天的事情解释清楚。站在您身边的那个臭小子,是我三个月前在波涛汹涌的海面上救下来的,如果没有我的照顾,他早就提前去见上帝了。"

安东尼奥伤心地看着薇奥拉,继续说道:"可以说是我再一次给了他新的生命,我对他的友情天地可鉴。为了陪他出来散心,我冒着生命危险来到这里。当我在大街上看到有人要对他不利的时候,我拔剑相助,结果却被警察逮捕了。而他,见我被警察逮捕,怕受到连累居然假装不认识我,假装不认识我也就算了,居然还不把我的钱袋还给我,您说我能不气愤吗?"

听了安东尼奥这番话,薇奥拉觉得很疑惑,而奥西诺却觉得他说的全是疯话,都是为自己开罪的借口。因为他清楚地知道这三个月薇奥拉是一直在他身边做侍从的。

这时外面有人来报说奥丽维亚小姐来了,奥西诺一听见心上人主动上门来,不由得心花怒放。奥丽维亚为什么会突然造访?原来在她和西巴斯辛结婚之后,西巴斯辛便按照之前的约定去大象旅店找安东尼奥了,奥丽维亚耐不住相思之苦,于是便来公爵府找她的新婚夫君。

奥西诺一见到奥丽维亚就把满腔的爱恋与思念对她诉说,奥丽维亚当然还是和以前一样对他很是冷淡,但当她看到薇奥拉的时候,马上变得温柔起来,热情地和薇奥拉说起话来,而薇奥拉依然和以前一样对她客气而又生硬。看到薇奥拉这么对自己,奥丽维亚心里很难过,觉得薇奥拉不爱自己了。

奥丽维亚觉得很委屈,便质问她:"亲爱的夫君,难道你不爱我了吗,开始厌烦我了吗?"原本奥西诺看到心爱的人对自己如此冷淡却对自己的侍从无比的温柔,心里就很不是滋味,当他听到奥丽维亚叫薇奥拉夫君的时候,就更是对薇奥拉厌恶至极,恶狠狠地看着薇奥拉。薇奥拉觉得很委屈,连忙为自己辩解:"不,公爵,我不是她的夫君,请别相信她说的话。"奥丽维亚以为薇奥拉之所以不愿意公开他们的关系,是因为害怕奥西诺的权位,她一边鼓励薇奥拉不要怕,一边叫人去把牧师找来。牧师来了之后,证实了奥丽维亚说的是真的。

奥西诺得知奥丽维亚确实和薇奥拉结为夫妇后,他既是生气又是难过,生气的是他最信任的侍从骗了他,难过的是自己喜爱的女人已嫁为人妇。

薇奥拉本想开口解释,这时门口却有人来报说托比老爷和安德鲁骑士求见。安德鲁和托比老爷满头是血地走进了房间。奥丽维亚看到自己的叔父受了伤,不由得惊呼了起来:"噢,上帝啊,叔父是谁把你伤得这么严重?"托比老爷还没来得及说话,便被安德鲁抢先回答了,他愤恨地指着薇奥拉说:"就是这小子,公爵的侍从,我本以为他是个懦夫,谁想到他是一个恶魔,无缘无故打破了我们的头。"说完之后便龇牙咧嘴地在那里喊起疼来。

奥西诺非常的生气,他没有想到,自己本来是想让聪明的薇奥拉说服奥丽维亚接受自己的爱,可谁知奥丽维亚却看上了俊美的薇奥拉。他觉得这一切都是薇奥拉精心设计的阴谋,便恶狠狠地对薇奥拉说:"我没有想到你是这样一个人,我把我所有的信任都给了你,把所有对其他侍从的宠爱也都给了你。平日里我没有把你当一个侍从看待,而是把你当作我的朋友。而现在你却背叛了我的信任,抢走我最爱的女子。做出这样让我伤心的事情,你简直太让我失望了。"

说完这些话,奥西诺又转头看着奥丽维亚,并对她说:"你这无礼的女郎!我一直在向你奉献着我全部的真心和爱恋,可你却无情无义地对我。假如我狠得起那么一条心,为什么我不可以像临死时的埃及大盗一样,把我所爱的人杀死了呢?蛮性的嫉妒有时也带着几分高贵的气质。但是你等着瞧吧!既然你漠视我的诚意,我也知道了是谁在你的心中夺去了我的位置,你就继续做铁石心肠的女人吧。可是你所爱着的这个宝贝、我的侍从,我曾经那么的宠爱他,现在我要把他从你那双冷酷的眼睛里除去,免得他傲视他的主人。薇奥拉,跟我来吧!现在是你该受到惩罚的时候了。"

看着怒气冲天的奥西诺,薇奥拉真的是百口莫辩,她根本就不知道发生了什么,她觉得很委屈,为什么所有的矛头都指向了自己,正当她懊恼不已的时候,从门外走进来一个人。这个人和薇奥拉长得一模一样,他就是西巴斯辛。从他走进房间的那一刻起,所有的人都惊呆了,他们以为自己眼花了,要不然怎么会出现两个薇奥拉呢?西巴斯辛走到奥丽维亚小姐面前,亲吻她的手并对她说:"亲爱的,伤了你的叔父我感到很抱歉,但即使他是我的同胞兄弟,为了自卫我也只能这样做。看着你那冷淡的眼神,我知道你一定是生我的气了,看在上帝的分上,原谅我好吗?"

说完这些话,他看到了角落里被缚的安东尼奥,他因为在这里看到自己的好朋友而感到不可思议,便过去和他打招呼,而安东尼奥也被两个一模一样的好友搞得哑口无言,他一边看看西巴斯辛,一边看看薇奥拉,不知道该说些什么。顺着好友的目光,西巴斯辛注意到了和自己长得极其相似的美少年,西巴斯辛心里有一个预感却不敢确认,便试探地问薇奥拉:"那边站着的是我吗?我没有任何的兄弟,只有一个妹妹,但已经被无情的海浪卷走了。冒昧地问一下,你我之间有什么关系吗?你是哪里人?叫什么名字?你的父母是谁?"

薇奥拉激动地看着自己的哥哥,慢慢地回答道:"我是梅萨林人,我的父亲死的时候我只有十三岁,他的额角有一颗黑痣。我的哥哥是一个和你长得一模一样的年轻人,他叫西巴斯辛。我和哥哥在一次乘船游玩中遇到了海难,我有幸被船长所救,而我的哥哥却被海浪冲走了。为了生存我便女扮男装来公爵家里做侍从。"听了薇奥拉说的话,西巴斯辛非常的激动,便又问了薇奥拉几个问题,薇奥拉都一一回答了他。几番过后,西巴斯辛终于确定她就是自己在海难中丢失的妹妹。兄妹二人激动地拥抱在一起,互相诉说着思念之情。过了好一会儿,两个人的心情才平复下来。

西巴斯辛走到奥丽维亚面前,单膝跪下握着她的手说:"亲爱的小姐,原来您是弄错了,但那也是心理上的自然的倾向。您本来要跟我的妹妹订婚的,但现在却嫁给了我。现在我用生命发誓,虽然之前出了些问题,但都已经解决了。我会爱您一辈子的,不会让您的希望落空。"奥丽维亚被西巴斯辛这番肺腑之言所感动,原本她是看上薇奥拉的,但既然她是女的,她也只能把感情转移在西巴斯辛身上,好在两个人性格相似,容貌又是一样的俊美,奥丽维亚很快便接受了他,从此两个人过上了幸福的生活。

再来说说我们高贵的奥西诺公爵。自从奥丽维亚和西巴斯辛结婚之后,他也难过了一段时间,但事已至此,就算再难过也没有挽回的余地。况且他现在一门心思都在薇奥拉身上。薇奥拉和哥哥相认以后便换回了女儿身,奥西诺在薇奥拉穿男装的时候就觉得她长相俊美,当她换回女儿装之后就更加的美丽动人,再加上高贵的气质,使得奥西诺公爵对她展开了热烈的追求。薇奥拉一直都很喜欢奥西诺公爵,便答应了他的追求,两个人在牧师的鉴证下也结为了夫妻。当然,安东尼奥作为薇奥拉哥哥的救命恩人,被奥西诺公爵宽容地释放了。

从此,伊利里亚城里笑声不断,一片祥和。

威尼斯商人

一

残忍的约定

这一天,安东尼奥正在家里为他的船队担忧,他的好朋友巴萨尼奥来到他的家中找他帮忙。巴萨尼奥是个年轻的小伙子,和安东尼奥是非常好的朋友,他的家境原本很富有,但自从他父母去世之后家道开始中落,再加上巴萨尼奥为了维持贵族的颜面,把那为数不多的资产也都败光了,还欠了好多的债,导致现在生活非常的困难。

巴萨尼奥经常来找安东尼奥帮忙,安东尼奥很同情他,经常借给他一些钱,却从没有开口向他要过。巴萨尼奥知道总靠向朋友借钱过日子不是一个长久的办法,便决定去投靠父亲的好友,当他到达贝尔蒙特的时候,却得知父亲的好

世界经典文学名著大全
·青少年彩绘版·

友已经去世了。

父亲的好友留下了一个女儿名字叫鲍西娅。在父亲在世的时候,巴萨尼奥曾经来过鲍西娅的家,经常和年轻貌美的鲍西娅讨论一些学习和做人的问题,他们对一些问题有着共同的看法。在那个时候,巴萨尼奥在内心里就已经喜欢上了鲍西娅,当然鲍西娅也十分的欣赏巴萨尼奥的才华。鲍西娅的父亲死后留给了鲍西娅一大笔的财产,最近她正忙着按照父亲的遗嘱中所提到的办法为自己挑选夫婿呢。来向鲍西娅求婚的人大多数都是身份显赫的贵公子,他们当中有些人是看中鲍西娅的美貌,有的是看中鲍西娅家的那笔财产。

巴萨尼奥也非常的喜欢鲍西娅,想去贝尔蒙特向她求婚,可他一想到自己一无所有,这样的自己又怎么去和那些王公贵族相比呢?他想来想去,最后决定还是来找安东尼奥帮忙。

安东尼奥听后叹息地拍了拍好友的肩膀,对他说:"我最亲爱的朋友,你是知道的,我所有的财产都在那支船队上,我身边现在没有钱,也没有可以变卖的货物。可我又不愿意看到你失望的样子,这样吧,我凭借我在威尼斯城的信用去给你借一些钱吧,我一定会尽力为你多借一点钱的。"

巴萨尼奥突然觉得很不好意思,他红着脸对安东尼奥说:"对不起安东尼奥,我忘记了你的财产都在船上了,早知道这样我就不来难为你了,害得你和我一起着急。"安东尼奥不赞同地说:"我们是最好的朋友,朋友有难我怎么能袖手旁观呢。我想到了一个办法,我们去找夏洛克借钱,他是一个放高利贷的,我用我船上的货物为你做担保。只要他愿意把钱借给你,你就可以去贝尔蒙特找鲍西娅向她求婚了。等我的船队一回来,就算夏洛克借钱的利息再多我也不在乎了。"说完这些之后,安东尼奥便带着巴萨尼奥一起去找夏洛克借钱去了。

夏洛克是威尼斯商城有名的吝啬鬼,他是靠放高利贷发财的。当人们有困难找他借钱的时候,他就会把利息提得很高,条件也很苛刻,要是不幸向他借钱的人到期没有还夏洛克钱的话,夏洛克便会用很残忍的手段逼人家偿还借贷的钱。在这样的情况下,穷人变得越来越穷,可夏洛克却是越来越富有。威尼斯城里的人都很憎恨他,讨厌他,但是当人们有困难的时候,又不得不找到他,导致夏洛克凭借这样的手段赚了好多的钱。

安东尼奥来到威尼斯城之后,这样的局面就发生了改变。由于安东尼奥乐善好施,使得城里的人们一有困难便去找安东尼奥,而不再找夏洛克借贷,导致夏洛克很长一段时候赚不到钱。夏洛克对安东尼奥恨之入骨,他觉得安东尼奥是故意和自己作对,他一直都想找机会好好地报复安东尼奥一顿。他没有想到正在自己想如何惩治安东尼奥的时候,他自己便会找上门来。

巴萨尼奥和安东尼奥来到了夏洛克的家里,巴萨尼奥向夏洛克说明了来意,告诉他自己想向他借三千金币,用安东尼奥船队的货物来做抵押。夏洛克一听要用安东尼奥的船队货物作抵押,不由得暗自高兴起来,他心里想着海上经常有大风暴,运气不好的话还可能会遇到海盗,到时候安东尼奥还不上钱,自己便有办法惩治他了。

想到这里,夏洛克假装为难地想了一会儿,然后吞吞吐吐地答应了巴萨尼奥的请求,同时他告诉巴萨尼奥,在借给他钱之前,他要和安东尼奥单独地好好谈谈。夏洛克走到安东尼奥的身边,傲慢地看着他并对他说:"安东尼奥先生,有好多次你在交易所里骂我,说我盘剥取利。我经常是忍气吞声,不和你争辩,只是耸耸肩膀罢了。你还说我是一只杀人的狗,还向我身上吐口水,居然还踢了我一脚。现在你却来向我借钱,我要不要这样说呢?一条狗会有钱吗?一条狗能借人三千金币吗?为了报答你以前对我的这些恩赐,你觉得我会借你这些钱吗?"

听了夏洛克讽刺的话语，安东尼奥非常的生气，他冷声冷语地对夏洛克说："就算是现在，我依然想骂你、吐你甚至踢你。但是这些和向你借钱是两码事，只要你愿意把钱借给我，不要把它当做借给你的朋友，你就把它当做借给你的仇人吧。假如我三个月后不能如期还你钱的话，你按照约定惩罚我就是了。"夏洛克等的就是安东尼奥这句话，他连忙笑嘻嘻地拉着安东尼奥的手对他说："哎呀，先生不要生这么大的气！我愿意和你交这个朋友。以前你加在我身上的羞辱，我可以通通忘掉。你需要多少钱我都可以借给你，而且不会向你要任何的利息。"

谁也没有想到夏洛克居然会这么痛快地借给安东尼奥钱，而且还不要利息。巴萨尼奥在一旁感慨地说夏洛克真是一片好心啊。夏洛克听后狡猾地对他们说："我要叫你们看看我到底是不是一片好心。你们跟我去找个公证人吧，就在他那儿签约好了。安东尼奥先生，我们不妨开个玩笑，我们要在约定里写明，假如你不能按照约定里所规定的条件，在什么日子、什么地点还给我那笔钱的话，你就得任我处罚，我要在你身上的任何部位割下整整一磅的肉作为惩罚，您觉得怎么样呢？"安东尼奥听后同意了夏洛克这份残忍的约定，他还说要对城里人说夏洛克的心肠不坏。巴萨尼奥吓得脸色发白，他连忙劝安东尼奥不要答应这样的条件。他还说自己宁愿不借这笔钱也不要安东尼奥冒这样的险。安东尼奥笑着安慰巴萨尼奥，告诉他自己的船队一定会在三个月内回来的，而且将会带来一笔巨额的财富。听了安东尼奥的安慰，巴萨尼奥才慢慢地放下心来。安东尼奥按照夏洛克的要求，在公证人的面前签下了那份约定，他没有注意到背后的夏洛克露出了狡猾的微笑。

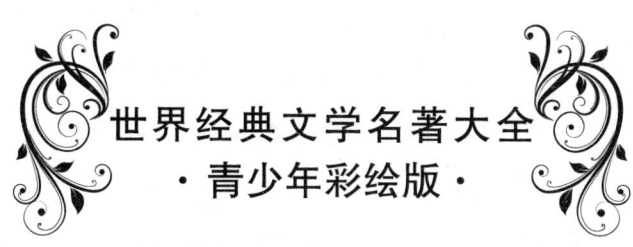

二

离开夏洛克

巴萨尼奥拿到了夏洛克借给自己的三千金币后，便回家准备行李，打算尽快赶往贝尔蒙特去见鲍西娅。他差人去请自己的好友葛莱西安诺，希望他能陪同自己一起去贝尔蒙特。

夏洛克家里有个年轻的仆人叫朗斯洛特，一直以来他都受着夏洛克的压榨，他从内心里讨厌夏洛克。当巴萨尼奥来夏洛克家里借钱的时候，他觉得巴萨尼奥是个善良的年轻人，便想离开夏洛克去当巴萨尼奥的仆人。他决心已定，便整理好自己的行李往巴萨尼奥家走去。结果在去的路上，朗斯洛特碰到了多年未见的父亲,父子二人在街道上相拥而泣。当两个人情绪平静之后,朗斯洛特便把自己在夏洛克家的不开心,以及想到巴萨尼奥家里当仆人的事告诉了自己的父亲。父亲也同意他的想法,两个人便一同前往巴萨尼奥的家里。

当父子俩来到巴萨尼奥家的时候,巴萨尼奥正在整理自己的行李。朗斯洛特向他说明了来意,巴萨尼奥觉得很疑惑,他不解地问朗斯洛特为什么放着有钱人家的仆人不做,而来做他这个穷小子的跟班。朗斯洛特只说了一句话就让巴萨尼奥同意他留了下来,他说:"先生,有一句古话可以用来描述夏洛克和您,他有的只是钱,而您有的却是上帝的恩惠。"巴萨尼奥让他们父子俩先去和夏洛克告个别,等一切处理妥当了再来找他。

父子俩欣喜地离开了巴萨尼奥的家,他们刚走,葛莱西安诺便走了进来,两个人寒暄了几句,巴萨尼奥便说出希望他能陪着自己去贝尔蒙特,葛莱西安诺一直都很崇敬巴萨尼奥,他毫不犹豫地答应了巴萨尼奥的请求。

巴萨尼奥知道葛莱西安诺是个随便的人,不太拘礼节,说话还很大声,巴萨尼奥怕他在鲍西娅家里太过放肆,便多嘱咐了他几句。葛拉西安诺一本正经地说:"相信我巴萨尼奥,我一定会装出一副安然的态度,说话恭恭敬敬不再随便。我还会在口袋里装上一本祈祷书,在吃饭之前念上几句祈祷,我一定会遵守一切的礼仪。如果我做不到我说的这些话,你以后就不要再相信我了。"听了葛莱西安诺这段夸张的话语,巴萨尼奥不禁笑了起来,对他说到时候自己会注意看他装得像不像的。说完这些,巴萨尼奥便让他回家准备准备,晚上他会宴请一些朋友,让他准时出席。

回到夏洛克家的朗斯洛特,把自己要辞掉这里工作的事告诉了夏洛克和他的女儿杰西卡。善良的杰西卡很舍不得朗斯洛特,因为他经常逗她开心,如果

他离开了，自己在父亲的压迫下，生活将会更加的痛苦。夏洛克原本是不同意朗斯洛特离开的，可吝啬的他又想到多一个闲人在家吃饭，会令他损失不少金币的，想到这里他也就同意了朗斯洛特的离去。

杰西卡爱上了城里的小伙子罗兰佐，可夏洛克却因为罗兰佐家里贫穷而不愿意把女儿嫁给他。罗兰佐和杰西卡便商定，在今晚夏洛克去赴巴萨尼奥晚宴的时候，两个人带着夏洛克的一部分财产私奔。

罗兰佐和巴萨尼奥、安东尼奥还有葛莱西安诺都是很要好的朋友。他听说巴萨尼奥要到贝尔蒙特去的时候，便去找巴萨尼奥，请求他能把自己和杰西卡一同带到贝尔蒙特去，远离夏洛克的压迫。巴萨尼奥答应了罗兰佐的请求，并让罗兰佐今晚就把杰西卡接出来，第二天好一起上路。

当夏洛克离开家后，杰西卡便偷出父亲的一部分财产装进自己的行李，等待罗兰佐来接自己。过了一会儿，罗兰佐便来到夏洛克的家里，把杰西卡接了出来，并告诉她葛莱西安诺正在外面等着他们呢。当罗兰佐三人正走在去巴萨尼奥家路上的时候，碰到了正在找他们的安东尼奥。安东尼奥告诉他们，风势有变化晚宴取消了，巴萨尼奥已经在码头等他们了。三人听后连忙赶往码头去和巴萨尼奥等人会合，到了之后，众人和安东尼奥说了一些离别之话，便起航前往贝尔蒙特了。

再说夏洛克。他回到家后发现女儿和别人跑了，还带走了他一部分的财产，气得大发雷霆，赶紧去找威尼斯城的公爵，向他状告自己的女儿和罗兰佐。公爵从别人的口中得知杰西卡和罗兰佐将坐巴萨尼奥雇来的船逃走，便马上差人去码头抓捕他们，可当他们赶到的时候，巴萨尼奥的船早就不见了踪影。经过这件事，夏洛克更加憎恨安东尼奥，他觉得这都是安东尼奥害的。

三

鲍西娅选择丈夫

在巴萨尼奥还没有到贝尔蒙特之前,已经有好多王公贵族来向鲍西娅求婚。他们当中有摩洛哥亲王、阿拉贡的亲王还有那不勒斯亲王等等,这些人都是冲着鲍西娅的美貌和财富来的。鲍西娅的父亲生前为她想了一个选择丈夫的方法,这个方法很特别:在一个房间里放三个匣子。第一个匣子是金的,上面刻着几个字:"谁选择了我,将会得到所有人所希望的东西。"第二个匣子是银的,上面也刻着一些字:"谁选择了我,将会得到他应得的东西。"第三个匣子是用沉重的铅制成的,上面刻着冷冰冰的字:"谁选择了我,必须准备把他所有的

一切都牺牲掉。"

而在这三个匣子中,只有一个里面藏着鲍西娅的照片,要是谁选中了放着她照片的匣子,鲍西娅就必须毫不犹豫地嫁给他。那些亲王们有的选金匣子,有的选银匣子,却都没有选中带有鲍西娅照片的匣子。那些人只能带着失望离开鲍西娅家,鲍西娅却松了口气,因为她的心里一直都忘不了曾经的巴萨尼奥。

巴萨尼奥带着安东尼奥借来的钱,在葛莱西安诺的陪同下来到贝尔蒙特,在安顿好一切之后便打算去鲍西娅家向她求婚。巴萨尼奥来到贝尔蒙特这个消息让鲍西娅欣喜一场,当她听说他将要向自己求婚的时候,更是高兴得睡不着觉。

可贝尔蒙特城里的人却不怎么看好巴萨尼奥,有人说,那么多有钱有权又有势的人来向鲍西娅求婚,她都没有答应,又怎么会看上一无所有,还欠下许多债的巴萨尼奥呢?他来求婚,鲍西娅能答应吗?这个疑问成了全城人们所关注的话题。巴萨尼奥却没有想那么多,当他来到鲍西娅家后,他如实地告诉了鲍西娅自己没有任何的家产,还欠了许多的外债,他有的只是正直的为人和一颗真诚善良的心。

鲍西娅根本就不看重巴萨尼奥有没有钱,因为她父亲留给她的财富够她用一辈子的,她只希望自己将来的丈夫品德高尚,年纪相当就可以了。不过,鲍西娅虽然很喜欢巴萨尼奥,但也得按照父亲生前给她安排的方法来考验巴萨尼奥。

鲍西娅把巴萨尼奥带到放着三个匣子的房间里,此时的鲍西娅的心情是紧张复杂的,她从内心里希望巴萨尼奥能选中带有她照片的匣子,但又怕他不小心选错了。她担忧地对巴萨尼奥说:"你一定不可以心急。你要知道假如你选

错了,就没有任何机会了,只能离开这里。唉,这一切都是我父亲的安排,我是不可以违背的。"说完她又觉得不放心,建议巴萨尼奥今天不要选了,先在这儿住上几个月再选。她真的很怕巴萨尼奥选错,到那时巴萨尼奥就要离开了。

巴萨尼奥看着眼前的三个匣子,又想了想鲍西娅说的话,他摇了摇头对鲍西娅说:"还是现在选吧,否则就算在这儿住上两个月我也会不安心的,就好像是活受罪一样。"巴萨尼奥再一次看向将决定他命运的三个匣子,金匣子散发着好像太阳一样的金光,银匣子散发着犹如月亮一样的银光,而铅匣子却显得死气沉沉。

巴萨尼奥不禁自言自语起来:"有些事物的外观往往和它内在所蕴含的相差很远,可笑的世人却很容易被华丽的外表所欺骗。任何一项邪恶的罪状都有可能被动听的言词所掩饰。那些看上去长相高大威猛的人,他们的内心可能软弱得还不如脚底的流沙。"

巴萨尼奥不停地告诫自己不要被华丽的外表和诱人的文字所欺骗。他看着金匣子说道:"耀眼的黄金啊,你虽然很夺目,但我不会选你。"他又看了看银匣子说道:"闪亮的银色,你在形形色色人的手中被传递着,我也不要你。"最后他看向了毫无生气的铅匣子说道:"瞧瞧你,看上去那样的寒酸,你的形状会令人想要后退,你没有一点儿吸引人的力量。但是你的质朴却比任何巧妙的语言更能打动我的心,我就选择你吧,希望你不会让我失望。"说完之后,巴萨尼奥屏住呼吸小心翼翼地打开了铅匣子。出现在他眼前的正是鲍西娅美丽动人的照片。

巴萨尼奥选择了众多王公贵族都不屑一顾的铅匣子,所有人都没有想到照片会在这个匣子里面。鲍西娅兴奋无比,她羞涩地对巴萨尼奥说:"我真希望自己比现在的我更好一点。为了你,我希望变得千倍的美丽,变得万倍的富有才能配的上你。我多么希望自己有着无比的贤德、美貌、财产和亲友,好让我在你的心目中占据着很高的地位。可是我,却是一个没有教养又缺少见识的女子,我愿意为了你去努力地学习这些。"她激动地拉着巴萨尼奥的手,接着对他说:"现在我所拥有的一切都是你的了。我的房子,我的仆人,甚至是我自己,都是属于你的了。"

说完这些,鲍西娅又拿出一枚戒指戴在巴萨尼奥的手上,告诉他千万不要把戒指弄丢,或者是送给别人,假如有一天这枚戒指不见了,就表示着他们的爱情结束了。巴萨尼奥对鲍西娅这样钟情于一无所有的自己非常感动,他深情地看着鲍西娅,对她说:"美丽的小姐,现在的我已经激动地不知道该说些什么了。我感觉只有我体内跳动的血管在和你说话,我整个人都处在精神恍惚的状态,内心的喜悦是没有办法用语言来形容的。相信我鲍西娅,要是有一天这枚戒指离开了我的手指,那么我的生命也一定在那一时刻终止了。我一定会好好珍爱你送我的这枚戒指的。"

从选匣子的那天以后,巴萨尼奥便带着葛莱西安诺,还有罗兰佐和杰西卡等人住进了鲍西娅的家里,所有人每天都相处得很愉快,尤其是葛莱西安诺和鲍西娅的女仆尼莉莎。他们两个人在这么多天的相处中,深深地爱上了彼此。

有一天,巴萨尼奥和鲍西娅找来了葛莱西安诺,让他准备一些结婚的事宜,他即将和鲍西娅结婚了。葛莱西安诺先向巴萨尼奥送上了自己的祝福,然后对他说:"真羡慕你们这对幸福的恋人,祝愿你们永远快乐。现在我有一个请求,在你和鲍西娅小姐结婚的时候,我也要和你们一起举行婚礼。"巴萨尼奥没有想到葛莱西安诺会提出这样的要求,他笑着告诉葛莱西安诺,只要他能找到合适的妻子就一起举行婚礼。葛莱西安诺不好意思地摸了摸头发,对巴萨尼奥说:

"我已经为自己找到了合适的女子,不瞒你说,我这双眼睛瞧起人来,并不比你差。你看上了鲍西娅小姐,而我却看中了她身边的女仆尼莉莎。你是靠选择匣子的命运得到了鲍西娅,可我则是靠我的口才和真心才得到了尼莉莎的爱,她说只要你答应娶鲍西娅小姐,她就愿意嫁给我。"鲍西娅笑着问身边的尼莉莎这件事是不是真的,尼莉莎害羞地说这是真的,只要小姐同意的话,她就答应嫁给葛莱西安诺。巴萨尼奥听后非常高兴,他觉得这是喜上加喜。

四

安东尼奥遭遇危机

就在他们兴高采烈地商量结婚事宜之时，罗兰佐拿着一封信走了进来。他告诉巴萨尼奥这是安东尼奥寄来的信，巴萨尼奥在看完信之后脸色变得惨白起来。鲍西娅看到巴萨尼奥脸色突变，觉得信里一定是带给了他一个坏消息。

她安慰着问巴萨尼奥发生了什么事情，巴萨尼奥用沉重的语气告诉鲍西娅："亲爱的，这信里的内容犹如晴天霹雳啊。在我来你这里之前，我一无所有，还欠了许多的债，甚至连来找你的路费都没有。我的好朋友安东尼奥看我这么困难，便用自己海上的货物做担保，向城内放高利贷的夏洛克借钱来给我做路费，可谁知……唉。"

世界经典文学名著大全
·青少年彩绘版·

鲍西娅焦急地问巴萨尼奥到底发生了什么事,巴萨尼奥接着说:"可谁知道,安东尼奥的船在海上碰到了礁石,可能已经沉到海底了。按照安东尼奥和夏洛克所签的约定,如果到期还不上钱的话,夏洛克就要割下安东尼奥身上的一磅肉。现在三个月已经到了,夏洛克便拿着契约去逼安东尼奥割下一磅肉。威尼斯城的公爵对这件事也做了多次的调解,希望夏洛克能暂缓几天,或者多加利息也行。可那狠心的夏洛克却说宁愿不要钱,也要安东尼奥身上的一磅肉。我那可怜的好友只希望在割肉之前见见我这个朋友。"说完这些,巴萨尼奥忍不住流下了眼泪。

鲍西娅听后也十分的着急,她问巴萨尼奥欠了夏洛克多少钱,巴萨尼奥告诉她只有三千金币。鲍西娅想了想说:"亲爱的不要着急,先和我去教堂举行婚礼,等我们成婚以后,我的财产你就可以任意支配了,带着比那笔借款多二十倍的钱去把债务还清,然后把那位好心的安东尼奥带到家里来,我和尼莉莎在家等你们。"巴萨尼奥也想不出其他办法,便和鲍西娅,还有葛莱西安诺和尼莉莎去教堂结婚。在婚礼举行完毕后,巴萨尼奥便带着葛莱西安诺等人动身前往威尼斯城去救安东尼奥。

巴萨尼奥走后,鲍西娅整日待在家中也很为安东尼奥着急,她觉得自己不能什么都不做地待在家中,她也要尽自己的力量去帮助丈夫的朋友。她突然想到了自己的表哥培拉里奥,他是一位有名的法学博士。鲍西娅想请他帮忙,便给培拉里奥写了一封信,在信中她把这件案子的详细内容告诉了他,还请求他为自己寄来一套律师服,连同回信一起让送信的人给送过来。写好之后,她找了一个信任的侍从去给培拉里奥送信,并告诉他把回信和衣服一起送到码头来。

侍从走后,鲍西娅便和尼莉莎开始在家整理行李,准备连夜动身前往威尼斯城。等她们来到码头的时候，正赶上侍从带着培拉里奥的回信和衣服来到这里。鲍西娅和尼莉莎换上了培拉里奥寄来的律师服，一瞬间两个漂亮的姑娘就变成了俊美的小伙子。鲍西娅打扮成一位律师，而尼莉莎则办成她的秘书。一切都准备妥当后，便一同前往威尼斯法庭，去解救安东尼奥。

而在法庭上，每一个人都为安东尼奥最后的判决感到不安，就连公爵内心都为安东尼奥将要和夏洛克那样的恶人打官司而感到难过。而安东尼奥本人却显得平静许多，因为他知道像夏洛克那样残暴的人，不会轻易放过他，一定会想尽办法得到他想要的。过了一会儿，得意的夏洛克走进了法庭，在经过安东尼奥身边时，轻蔑地哼了一声，然后坐在了自己的位置上。

公爵把夏洛克叫到面前来，想做最后的劝说："我们都知道，你想要安东尼奥的一磅肉只不过是个玩笑，你现在的残忍只不过是装出来的，实际上你是仁慈的、善良的，对待一个接近倾家荡产的可怜人你是不会这么残忍的，对吧？"

夏洛克看了看公爵，又看了看安东尼奥，缓缓地说道："我的意思已经很明显了，一定要安东尼奥受到违约后应有的惩罚。如果殿下是要问我为什么宁愿要一块毫无用处的臭肉，也不要那三千金币的话，那我没什么好回答您的，只能说是我个人的喜好，我喜欢做什么就做什么，不需要任何的理由，如果您非要一个理由的话，那我只能说我讨厌安东尼奥，甚至可以说是恨，所以才会和他打这场对我自己没有任何好处的官司。殿下对我这样的回答满意吗？"

夏洛克说完之后，便又傲慢地坐回了椅子上，不再理会法庭上的任何人。听完夏洛克说的话，巴萨尼奥压制不住自己的怒火，跑到夏洛克面前喊道："你这个家伙卑鄙又冷血，这样的回答只不过是你残忍的借口。难道人们对于他们不喜欢的东西，就一定要置于死地吗？是谁给你这样的权利？你这样做是

会受到惩罚的，当初我们向你借了三千金币，现在拿六千金币来还你，如果你嫌不够我还可以拿出更多，现在请你马上撤销对安东尼奥的控诉。"

对于巴萨尼奥的指责，夏洛克显得很不屑，并对他说："即使你给我再多几倍的金币，我都不会撤销对他的惩罚，我一定要他割下一磅肉。我又没有做错什么事，怕什么惩罚？假如你们买了很多的奴隶，不把他们当人看，叫他们做一些辛苦卑贱的工作，甚至于打骂他们，如果我叫你们善待他们，你们会很理直气壮地对我说：'这些奴隶是我的，我想让他们做什么就做什么，不用你们来管。'同样的道理，安东尼奥的一磅肉是我付出很大的代价买来的，它是属于我的，我一定要把它拿到手。威尼斯城是讲法律的，既然有合约在先，我就有权利得到我应得的，我相信殿下也不会因为安东尼奥，而让我们的法律变成白纸一张吧？现在请殿下作出最后的审判吧。"

听完夏洛克的话，气愤的巴萨尼奥揪起夏洛克的衣服想揍他一顿，让他清醒清醒。安东尼奥连忙拉住巴萨尼奥，摇摇头并无奈地对他说："和这种人是没有道理可讲的，如果能轻易叫他心变软的话，那么这个世界上还有什么难事不能办到呢？不要再跟他商量什么条件了，也别再为我感到气愤了，让我尽快受到判决满足他的心愿吧。"

五

对夏洛克的审判

公爵也是第一次面对这样残暴的人,也不知道该如何审判,于是便差人去请培拉里奥博士,希望他能帮助安东尼奥来解决这个难题。

过了一会儿,门外的侍卫对公爵说外面有培拉里奥博士派来的使者,并带着博士的书信在法庭外等候。听到博士派来的使者到了,巴萨尼奥走过去安慰安东尼奥:"老兄,不要灰心,这个狠心的犹太人可以拿走我的血,我的肉,我的骨头,但我绝对不会让你为我流一滴血。"安东尼奥无奈地摇摇头说:"我现在已经接近倾家荡产了,死不死对我来说已经不重要了,但巴萨尼奥,我的朋友,你要活下去,将来我死后你能为我写篇墓志铭,我就已经感激不尽了。"

他们正在说话的时候，鲍西娅穿着律师服带着尼莉莎走了进来。尼莉莎把培拉里奥博士写的信递给了公爵。

公爵看后又让在场的书记朗读出来，信里的大概内容是：公爵的来信已经收到了，我的身体最近不太好，不能出庭审理此案。正巧有一位年轻的法学博士刚从罗马回来慰问我，我便把这个案子告诉了他，希望他能代我来处理这个案子。他同意了我的请求，这位博士虽然年轻，但是学识很丰富。只要公爵你同意他替我审理此案，我相信他一定能够处理好的。

听完信里的内容后，法庭上的所有人都同意让鲍西娅来审理此案。鲍西娅以律师的身份坐在了审判席上。她先是朝着丈夫巴萨尼奥的方向看去，看见巴萨尼奥正在安慰好友安东尼奥，脸上的表情十分痛苦。巴萨尼奥和葛莱西安诺都没有认出化装成律师的鲍西娅和尼莉莎，因为他们怎么也想不到鲍西娅她们会来帮助安东尼奥审理此案。

鲍西娅看了看安东尼奥，安东尼奥平静地坐在自己的位置上，等待着公爵的判决，看他的样子已经决定接受任何的结果，甚至是死亡。她又看向夏洛克那面，只见夏洛克正在磨他带来的刀，仿佛公爵一宣判结果，他马上就会从安东尼奥身上割下一磅肉来，只有这样才能消解他对安东尼奥的恨。公爵问她是不是对此案有些了解，鲍西娅回答说在来这里之前，已经把这个案子的详细情况了解得一清二楚了。公爵便宣布审理开始。

鲍西娅按照法定程序问了安东尼奥和夏洛克的名字，然后她看向夏洛克，对他说："你这场官司打得倒是很奇怪，可是按照威尼斯城的法律，你的控诉是可以成立的。安东尼奥的生死都掌控在你的手里，我劝你还是仁慈一点好。仁慈就好像甘霖一样从天而降，它不但把幸福给了给予者，也把它给了接受者。

它深藏在帝王的内心,是一种属于上帝的德行,执法者假如能把慈悲放在公道上,人间的权力就和上帝的神力没什么分别了。我说这些话,是希望你能从法律的立场上让步几分。但如果你坚持要安东尼奥履行约定的话,我们也会按照威尼斯城的法律判定他的罪。"

夏洛克蛮横地说:"为什么要我仁慈一点,您能给我个理由吗?我不会做任何的让步,我只要求法律允许我按照约定对安东尼奥进行惩罚。"鲍西娅故意问夏洛克:"是安东尼奥还不出钱吗?"巴萨尼奥抢着回答说:"不是这样的,我愿意替他当庭还清债务,就算照原数加倍也可以。如果他还不满意的话,我愿意出十倍的数目,甚至愿意拿我的头、我的手、我的脚来做抵押。如果这样还不能满足他的话,我请求法律稍微变通一下,犯一次小小的错误,做一件大大的功德,可千万不能满足夏洛克的兽欲啊。"

听了巴萨尼奥的话,鲍西娅不赞同地摇了摇头,对他说:"先生,那是不可能的,在威尼斯城里谁也没有权力来变更法律。如果有人开了这样的先例,以后任何犯了罪的人就都有了借口,到时候什么坏事都干的出来。这是绝对不能允许的。"

夏洛克听了鲍西娅的话,觉得这位年轻的律师是向着自己说话的,不禁对她夸赞一番,说她是一位可敬的法学博士。鲍西娅让夏洛克把借约拿出来看看,兴高采烈的夏洛克痛快地拿出了借据,鲍西娅看后又劝道:"夏洛克先生,他们愿意出三倍的钱还你呢,你要不要考虑……"鲍西娅的话还没有说完,夏洛克就打断说:"不行,不行,我已经向天发过誓了,我不会让我的灵魂背上违背誓言的罪行的。就算他们给我这个威尼斯城,我也是不会答应的。"

鲍西娅并没有因为夏洛克的坚决而放弃,继续劝说道:"按照法律,你是有权从安东尼奥身上割下一磅肉的。你还是慈悲一点吧,把这三倍的金币拿回去,让我撕了这张合约吧。"夏洛克依然不为所动,他傲慢地对鲍西娅说:"等按照约定惩罚了安东尼奥后,再撕毁合约也不迟。可敬的法学博士,您是懂法律的,您说的话也都非常的有道理,现在我就用法律的名义,请求您立刻进行宣判吧。现在任何人说的任何话都改变不了我的决心,我在这儿等着执行合约上的规定。"

安东尼奥看到夏洛克这样坚决,也就不再抱任何的希望,他也请求公爵尽快进行宣判。鲍西娅看了他们一眼,沉默了一会儿说:"那好吧,现在我宣判,夏洛克可以用你的刀子扎进安东尼奥的胸膛了。"夏洛克听后,高兴得简直要欢呼起来了,连声称赞鲍西娅是个正直公道的好法官。他一边称赞着,一边拿着刀子走向安东尼奥准备要动手。

就在这时,鲍西娅又说话了:"先别着急夏洛克,你准备称肉的天秤了吗?还有你最好是请一位外科医生来替他包扎伤口,费用由你来出,免得他流血而死。"夏洛克疑惑地问鲍西娅合约上有这条规定吗,如果没有他才不找呢。

鲍西娅告诉他虽然合约上没有写,但是这样做也算是一件好事。她又转向安东尼奥那边,问他还有什么想说的吗,安东尼奥摇了摇头,然后看向巴萨尼奥,对他说:"我没有什么话好说了,但是我的朋友,巴萨尼奥,再见了!不要为我有这样的结局而感到悲伤,我觉得命运对我已经很照顾了。记得替我向你的妻子问好,告诉她我的结局,让她知道我之前对你有多好,又怎样从容地死去。等你告诉她这一切之后,再让她判断一下,你是否曾经交到了一个真心的好友。不要替我感到难过,当夏洛克的刀刺到我胸膛的那一刻,我所欠他的一切就还清了。"

听了安东尼奥诀别的话语,巴萨尼奥伤心不已,他流着泪对安东尼奥说:"我是很爱我的妻子、她就像我的生命一样。可是我的妻子、我的生命乃至整个世界,在我眼中都没有你的生命重要,我愿意失去这一切来换取你的性命。"

虽然巴萨尼奥的话很感人,可鲍西娅听了心里却很不是滋味,她略带玩笑地告诉巴萨尼奥,这话如果让他妻子听到的话,应该不会感谢他的。

不止是巴萨尼奥,还有葛莱西安诺也为即将受到审判的安东尼奥感到悲伤。看到这样的场景,夏洛克等不及了,催促鲍西娅赶快进行宣判。鲍西娅觉得时机成熟,便义正词严地对夏洛克说:"安东尼奥身上的一磅肉是你的,这是合约上写着的,也是法律判给你的。但是合约上并没有允许你取他一滴血。你可以割取他的肉,但是在割肉的时候,要是他流了一滴血,按照威尼斯城的法律,你的土地和财产是要全部充公的。"

夏洛克听后,不禁愣在了那里,他没有想到法律还有这样一条规定。他疑惑地问鲍西娅真的有这样的约定吗,鲍西娅告诉他如果不信,可以自己去查查威尼斯城的法律,她还说既然夏洛克想要公道,就给他这样的公道。法庭上的人都没有想到会出现这么戏剧性的一幕,全都夸赞鲍西娅是个正直的好法官。

夏洛克没有想到会有这样的规定,他想了想,然后结结巴巴地说:"那,那我还是接受他们那三倍的还款吧,我决定放过安东尼奥了。"巴萨尼奥见夏洛克同意接受那笔钱,连忙把金币拿了过来,可却被鲍西娅拦住了。鲍西娅对他们说:"先不要着急,夏洛克需要的是绝对的公道,你还是准备动手割肉吧,但记得不许流一滴血,也不准多割或者少割。一丝一毫都不能差,否则按照法律,我是要让你抵命的,而且你的财产要充公。"听了鲍西娅的话,夏洛克再没有任何的底气了,他垂头丧气地告诉鲍西娅他不要割肉了,也不要三倍的金币了,只想把

自己的本钱拿回来。

鲍西娅接着说："威尼斯城的法律规定：凡是外来人企图用直接或者间接的手段谋害任何公民，如果查明确有其事，他的财产的一半就要归受害人所有，剩下的都要被没收充公，至于犯罪人的性命就要听公爵的处决，其他人是没有权力管的。你现在还是去向公爵求情吧。"听了鲍西娅的话，夏洛克没有办法，又转身向公爵求情。

公爵告诉他可以饶了他的死罪，但是他一半的财产要归安东尼奥所有，剩下的一半要没收充公。公爵还说假如夏洛克诚心悔改的话，也许会减轻他的罚款。听了公爵的话，夏洛克沮丧地坐在了地上，钱财就是他的命，现在他什么都没有了。

虽然安东尼奥很憎恶夏洛克放高利贷，但是看到他有这样的下场又有点不忍心，他对公爵说："要是殿下能从轻判处他，没收他一半的财产，我就已经十分的满足了。至于判给我那另一半财产，我决定只是暂时替他保管，等到夏洛克死后，把它交给他已经私奔的女儿杰西卡。当然做这些也是有条件的，他必须答应我两件事：第一，从此他要改信基督教；第二，他必须写下一张契约，声明他死后，他全部的财产都转给女儿杰西卡和女婿罗兰佐。"

此时的夏洛克还能说什么呢？他同意了安东尼奥所说的，并告诉公爵身体不太舒服，让他们把写好的契约送到家里，他在家里签字就是了。

六

戒指风波

夏洛克走后,审判也就结束了。巴萨尼奥十分感激这位年轻的法学博士,他来到鲍西娅面前对她说:"尊敬的先生,谢谢你救了我最好的朋友,使他免去了一场灾难。为了表示我们的敬意,这原本是要给夏洛克的三千金币,现在都送给你,来报答你今天为我们付出的辛苦。"安东尼奥也劝鲍西娅收下这些钱。鲍西娅无论如何也不肯收,可巴萨尼奥却一直在恳求。

这时鲍西娅的目光落在了巴萨尼奥手上戴着的戒指上,她灵机一动对巴萨尼奥说:"如果你非要报答我的话,就把你手上戴的戒指送给我吧。"巴萨尼奥愣了一下,他没有想到这位博士居然看上了自己的戒指。他不禁犹豫了,这枚戒指是他和鲍西娅的定情之物,他发誓要永远把它戴在手上,现在又怎么能送人呢。可是他又想到是这位博士救了安东尼奥,他提出的要求自己又怎么好意思拒绝呢。

他委婉地对鲍西娅说:"这枚戒指啊,它不是什么值钱的玩意儿,我真的不好意思把它送给你。"可鲍西娅却说除了这枚戒指她什么都不要。巴萨尼奥为难了,他找了各种借口说这枚戒指不能给她,鲍西娅最后告诉他:"既然他是一个只会说口头承诺的人,她也就不要了。"说完她转身就要走。安东尼奥连忙把她拦下,他不知道那枚戒指对巴萨尼奥有重要的意义,便劝他把戒指给鲍西娅吧。

巴萨尼奥实在没有了办法,只能把戒指摘了下来送给鲍西娅。这时尼莉莎也向葛莱西安诺要他手上的戒指,葛莱西安诺没有办法,也只得把尼莉莎送他的戒指给了博士的秘书。拿到戒指后,鲍西娅和尼莉莎连夜赶回贝尔蒙特,她们要赶在巴萨尼奥她们之前回到家里。两个人因为做了好事心情非常的愉快,她们商定打算和自己的丈夫开个玩笑。

当她们回到家之后,换回了自己的衣服,并吩咐所有的仆人暂时不要告诉任何人她们去过哪里。一切都处理好之后,她们便静下心来等待丈夫的归来。过了不久,巴萨尼奥和葛莱西安诺便带着安东尼奥回到了家里。

鲍西娅看到巴萨尼奥他们回来了,高兴得不得了,她吩咐尼莉莎去准备晚宴,巴萨尼奥向她介绍了自己的朋友安东尼奥,告诉鲍西娅他曾经受到了安东尼奥很多的照顾。鲍西娅对安东尼奥说了好多感谢的话语。

正当他们忙着聊天的时候,尼莉莎和葛莱西安诺吵吵闹闹地走了进来。鲍西娅假装生气地问他们发生了什么事情,为什么要在客人面前吵闹。葛莱西安

诺说:"只是为了一个不值钱的戒指罢了,上面刻了一些字,也不是什么大不了的事。"尼莉莎听了,假装生气地说:"你管它什么诗句,你管它值不值钱,那是我送给你的呀。还记得当初我给你的时候,你发誓说要一直戴着它直到死去,可现在你却告诉我送了一个律师的秘书,你说这话有谁能相信呢,一定是送给哪个女人了。"葛莱西安诺连忙解释不是送给女人,只是送给了律师的秘书。

鲍西娅听后假装责备葛莱西安诺:"这就是你的不对了,怎么可以把妻子送你的第一件礼物随便给别人呢?既然你发过誓要把它戴在手上,它就是你身体的一部分。我也送过巴萨尼奥一枚戒指,他发誓永远都不会把它摘下。现在他就在这儿,我敢发誓,即使给他世间所有的财富,他都不会丢掉戒指或者把它送人的。葛莱西安诺,你太对不起尼莉莎了,要是我早发脾气了。"

听了鲍西娅的话,巴萨尼奥内心非常的懊悔,觉得很对不起鲍西娅,便在一旁自责起来:"哎呀,我真该把我的左手砍掉,那样就可以发誓说,是因为强盗要我的戒指,我不肯给才把我的手砍下来的。"葛莱西安诺听见鲍西娅这样说自己,有点不甘心地说:"巴萨尼奥先生也把他的戒指给了那位律师了。那位律师什么都不要,却偏偏和他的秘书要我们的戒指,我们没有办法才给他们的。"

听了葛莱西安诺的话,鲍西娅假装生气起来,对巴萨尼奥说:"真没有想到你是这么的虚伪,居然把我送你的戒指转送给别人,我发誓要是见不到戒指,我永远都不想理你。"巴萨尼奥见鲍西娅真的生气了,心里很难过。他诚恳地请求鲍西娅的原谅,并对她说:"我用自己的名誉起誓,戒指真的不是送给什么女人了,真的是给那位律师了。我原本是要给他三千金币的,可是他却不要,只要那枚戒指。哎,是他救了我的好友安东尼奥,如果我不给他戒指的话,我反倒成了忘恩负义之人了。没有办法我就把戒指给他了,我相信如果你在场的话,一定也会赞成我这么做的。"

世界经典文学名著大全
·青少年彩绘版·

无论巴萨尼奥怎样认错，鲍西娅就是不理他。安东尼奥也觉得事情有些严重了，便也上前去劝鲍西娅，告诉她戒指确实是给那位律师了。安东尼奥还不好意思地对鲍西娅说："都是我的错，才引来你们吵闹。但是我可以立张契约发誓，巴萨尼奥确实是把戒指给那位律师了，没有送给别的女人。倘若没有那位年轻的律师，我可能现在已经没有命了。我可以用灵魂做担保，你的丈夫绝对不会做背信弃义的事的。"

鲍西娅连忙说不是安东尼奥的错，她假装叹了口气，然后从衣兜里拿出一枚戒指给安东尼奥，让他把戒指交给巴萨尼奥，还说希望这枚戒指他能保存得比上次长久些。当安东尼奥把戒指交给巴萨尼奥的时候，巴萨尼奥不禁惊呼起来："天啊，这不是我送给那位律师的戒指吗？"

众人正在疑惑的时候，鲍西娅和尼莉莎却突然笑了起来，然后便把他们假装律师去威尼斯救安东尼奥，又强要巴萨尼奥和葛莱西安诺的戒指，只是为了和他们开个玩笑的事情经过告诉了他们。众人这才明白是怎么回事，巴萨尼奥没有想到那位年轻的律师竟然是自己的妻子，他当时居然没有认出来。

正在他们谈论的时候，外面来个信差交给安东尼奥一封信。安东尼奥看后脸上露出了喜悦之情，他笑着告诉众人，他的船虽然碰了礁石却没有沉到海底，现在已经安全地到达威尼斯港口了，众人听后都为他感到高兴。所有的不幸都已经过去，等待他们的是新的开始。

皆大欢喜

世界经典文学名著大全
·青少年彩绘版·

一

瘦小的决斗者

这块封地原本是归一个善良的公爵治理,这位公爵一心一意为当地的人们谋福利,使得这里的人们都很爱戴他。但这位公爵的弟弟弗莱德里克,却是一个野心勃勃的家伙,他一直都想代替哥哥成为这里的公爵。终于有一天,他抓住一个机会把自己的哥哥放逐到了亚登森林,自己如愿以偿地当上了这里的公爵。

由于以前的公爵心地善良,为人公正,为城里的人们做了不少的好事,所以当他被放逐的时候,有许多敬佩他的大臣们,也都自愿陪他一起被放逐。弗莱德里克巴不得那些忠心于哥哥的大臣早点离开,所以并没有阻拦他们,反而没收了他们全部的财产，断了他们的后路。

被放逐的公爵没有儿子，只有一个女儿叫罗瑟琳，她是一个既美丽又孝顺的姑娘，她见自己的父亲被放逐了，便也想随父亲一同去亚登森林。弗莱德里克也有一个女儿叫西莉娅，虽然她的父亲是个狠心无情的家伙，可西莉娅却是一个心地善良的姑娘。

西莉娅和罗瑟琳从小一起长大，关系非常的亲密，就好像一对亲姐妹一样。西莉娅不想自己的姐姐去亚登森林受苦，便恳求自己的父亲把罗瑟琳留下来，她还告诉弗莱德里克，如果非要罗瑟琳被放逐的话，那么她愿意陪着姐姐一起去，要不然她就去寻死。弗莱德里克非常疼爱西莉娅，为了留住女儿，他只能把罗瑟琳也留在了自己家里。罗瑟琳虽然没有跟随父亲一起去亚登森林，可她非常牵挂自己的父亲，总是在担心他过得好不好。西莉娅看在眼里非常的心疼，可却又没有什么办法，她只能尽量安慰罗瑟琳，希望这样能减轻她的悲伤和自己父亲的罪孽。

这一天西莉娅来到花园里，看到罗瑟琳一个人坐在园子里的长椅上唉声叹气，忍不住上前安慰了几句，她对罗瑟琳说："我亲爱的姐姐，请你高兴些吧，看着你这样一筹莫展的，我真的好担心啊。"罗瑟琳无奈地看着西莉娅，对她说："我的好妹妹，我已经在强颜欢笑了。唉，我也希望自己能再快乐些，可是我却忘记不了我那被放逐的父亲，一想到他在受苦，我就一点都开心不起来了。"听了罗瑟琳的话，西莉娅觉得自己很对不起罗瑟琳，是自己的父亲把事情做得太过无情了。

西莉娅拉着罗瑟琳的手说："姐姐，你知道吗，我一直都把你当做我的亲姐

姐一样看待,我爱你的程度绝对比你爱我还要深。假如你的父亲,放逐了我的父亲,只要我依然能和你在一起,我就可以像爱我自己的父亲一样,去爱你的父亲。假如你也能像我爱你一样的爱我,那么我想你一定会快乐起来的。"罗瑟琳觉得西莉娅说的很有道理,便告诉西莉娅自己愿意忘记现在的处境,好好地和她在一起。听到姐姐愿意为了自己开心起来,西莉娅很是高兴,便和姐姐在花园里闲聊了起来。

正在她们聊得起劲的时候,一个侍从走了过来,他告诉罗瑟琳和西莉娅,在广场上现在正举行一场非常精彩的角斗比赛。西莉娅觉着这场角斗赛出现得正是时候,她想到带着姐姐罗瑟琳一起去看,这样一来能打发无聊的时间,二来也能使罗瑟琳暂时忘记苦恼,好好放松一下。想到这里,她便拉着罗瑟琳一起去看角斗赛。到了角斗场,她们看到站在场上的两个人,一个是非常有名的拳师查尔斯,他曾经打败过不少有名的拳师,在当地有一定的名气。而另一个年轻人虽然长得眉清目秀,可和查尔斯一比,就显得瘦小了许多,怎么看都不是查尔斯的对手。

这位年轻人怎么看也不像是一位专业的拳师,那他来到角斗场又是因为什么呢?这位年轻人叫奥兰多,是这座城市里鲍埃爵士的小儿子。鲍埃爵士原本是这里一位有威望的大臣,他一直忠心于罗瑟琳的父亲,也就是以前的公爵。公爵被放逐后,鲍埃爵士毅然决然和公爵一起去了亚登森林。他把财产留给了自己的三个儿子,他宁愿和之前的公爵四处流浪,过着居无定所的生活,也不愿为狠心的弗莱德里克工作。虽然鲍埃爵士是个品德高尚的人,可他的大儿子奥列佛却是一个既贪心又狠毒的人。

奥列佛一直都想独霸父亲留下来的财产,他首先处心积虑地把自己的二弟送到外地去读书,然后又把小弟奥兰多困在家中,任何脏活累活都让小弟去做。

即使这样,奥列佛还是不放心,他一直都在找机会除掉自己的弟弟。奥列佛听说城里又在举行角斗赛,便想到了一个狠毒的办法,他先是劝小弟奥兰多参加角斗赛,然后他又找到了查尔斯。查尔斯见奥列佛来找自己,以为他是来求自己在比赛的时候对他的弟弟手下留情,便不客气地对他说:"我知道您是一个很有地位的人,但明天这场比赛,对于我的名誉来说非常重要。您今天应该是来为您的小弟求情的吧?如果您是这么想的,那么我劝您打消这个念头,为了名誉我是什么事情都做得出来的。"

奥列佛一听连忙摇头,解释说:"你误会我的意思了,我也是懂得角斗赛的规则的,虽然我是奥兰多的哥哥,可他却一直都没把我当哥哥看,一直想找机会陷害我。你想想我怎么会为了一个想要害我的人求情呢?我今天来是希望你不要给我留情面,最好能把我这个狠心的坏弟弟打死,这样我将感激不尽。"听了奥列佛的话,查尔斯信以为真,认为奥兰多是个十恶不赦的坏人,便答应奥列佛明天在角斗赛上,自己一定会好好教训奥兰多的。听到查尔斯的回答后,奥列佛满意地离开了。

二

奥兰多获胜

到了第二天,查尔斯和奥兰多如约来到了角斗场。对于这个小城的居民来说,能看到一场角斗赛是最令人振奋的事了,围观的人们越聚越多。作为现任的公爵,弗莱德里克也来到了角斗场,当他看到场上的查尔斯和奥兰多时,不免有些失望。在他看来,查尔斯和奥兰多在身形上就差了很多,在声望上,查尔斯曾打败过许多的拳师,实力非常雄厚,而奥兰多却是第一次来参加角斗赛,没有什么经验,身体还单薄,弗莱德里克觉得奥兰多很有可能会被查尔斯打死,便好心劝告奥兰多不要参加比赛。可奥兰多是个很执著的人,他觉得自己既然答应了哥哥来参加比赛,就要履行自己的承诺。

世界经典文学名著大全
·青少年彩绘版·

弗莱德里克认为他们两个人实力相差太过悬殊,没什么看头,正打算要走,却看到女儿西莉娅带着罗瑟琳走了过来。他走到她们面前,对她们说:"我的女儿和侄女,你们也来看角斗吗?我觉得你们一定不会感兴趣的,这两个人的实力相差太多了。我很同情那位年轻的小伙子,刚刚我劝他还是离开吧,可他却不听我的劝告。现在你们去试着劝劝他,看看能不能说服他。"

听完弗莱德里克的话,两个女孩走到奥兰多面前,西莉娅先对他说:"先生,您今天的举动和您的年纪相比,似乎胆量是大了点。你看看你的对手,从他的身形上就能看出他有很大的力气。要是您能认清自身条件,并且理智地判断下自己的能力,我想您一定会选择比这更适合自己的事去做。为了您自己的安全,还是不要参加比赛,回去吧。"罗瑟琳也在一旁劝告着,她告诉奥兰多,如果他改主意的话,她们随时可以去找公爵,让他终止这场比赛。

奥兰多没有想到会有两位漂亮的姑娘劝自己放弃角斗,他诚恳地对她们说:"美丽的小姐们,首先我请你们原谅,我觉得自己是有罪的,竟然会拒绝你们友好的要求。可是我还会参加这场角斗的。假如我真的被打败了,那只不过是一个无关紧要的人丢了脸,也不过是死了一个不想活着的人。我不会对不起我的朋友们的,因为在这世界上没有人会哀悼我;我也不会因此而损失什么,因为我在世上一无所有,我只不过是占用了一些空间而已,等我死后便可以把这空间腾出来给别人。"

罗瑟琳和西莉娅没有想到奥兰多竟然是抱着这样的态度来参加角斗的,她们又劝告了他许多,可奥兰多已经下定了决心,无论她们说什么,他都不会离开角斗场。没有办法,罗瑟琳和西莉娅只能同情地告诉他,她们愿意把自己微薄的力量加在他的身上。她们正在说着,查尔斯等不及了,狂妄地喊道:"那个要送死的年轻人在哪里呢?"奥兰多镇定地走到了角斗场中间,勇敢地面对着查尔斯。

　　随着裁判的一声哨响,两个人开始角斗起来,西莉娅紧张地观看着,偶尔会对罗瑟琳说一句:"我真希望自己有隐身术,这样就能去拉住查尔斯的腿。"也许是罗瑟琳和西莉娅的鼓励起了作用,也许是奥兰多本身就是一个非常强健的年轻人,每过几个回合,查尔斯就被奥兰多打倒在地起不来了。全场的观众都震惊了,谁也没有想到奥兰多会赢,全都为他欢呼起来。

　　弗莱德里克也没有想到奥兰多会赢,他觉得这位年轻人是个很有潜力的人才,想重用他。想到这里,他走到奥兰多面前想要问清他的家世。他问奥兰多叫什么名字、父亲是谁,奥兰多如实的告诉了弗莱德里克。听到奥兰多说自己是鲍埃的儿子后,弗莱德里克首先想到的就是鲍埃忠心于自己的哥哥,而不是自己。想到这里,他不禁板起了脸孔,对奥兰多说:"我很希望你是别人的儿子,可你却是鲍埃爵士的儿子。哼,所有的人都认为你的父亲是个好人,可他却是我永远的敌人。假如你是别人的儿子,你今天所做的确实让我很喜欢你,但你却是鲍埃的儿子,那我只能说一句再见了。"罗瑟琳听见奥兰多说自己是鲍埃爵士的儿子,非常的高兴,但又觉得自己很对不起他。

　　她自言自语地说:"原来他就是父亲最宠爱的大臣的儿子,如果我早知道他是鲍埃大人的儿子,我一定会含着泪劝他不要冒这种险的。"西莉娅也很敬佩奥兰多的勇气,她听到自己父亲很不客气地对待奥兰多之后,觉得很对不起他,便拉着罗瑟琳上前去安慰奥兰多,她们对奥兰多说了好多鼓励的话。

　　临走之前,罗瑟琳摘下脖子上的项链放到奥兰多的手里,对他说:"先生,请你为了我收下这个项链作为纪念。原本我想送你更贵重的物品,可我现在是心有余而力不足,这仅代表我的一片心意,请你无论如何也要接受。面对如此善良的罗瑟琳,奥兰多激动地说不出话来,他的心已经被这美丽善良的姑娘深深地征服了。

世界经典文学名著大全
·青少年彩绘版·

三

罗瑟琳和西莉娅来到亚登森林

罗瑟琳和西莉娅回到家后,两个人又谈起了奥兰多,西莉娅发现每当罗瑟琳谈起奥兰多的时候,眼神里总会流露出浓浓的爱意。西莉娅问罗瑟琳是不是爱上了奥兰多,罗瑟琳诚实地告诉她自己确实是喜欢上了勇敢的奥兰多。西莉娅又问她是不是因为自己父亲的缘故才喜欢上他的,罗瑟琳想了想说:"我承认有一部分原因,因为我的父亲和他的父亲关系非常好。"西莉娅不解地问道:"我不太明白,如果像你说的,我的父亲很痛恨他的父亲,按说我应该是恨他的,可我现在却一点都不恨他。"罗瑟琳请求西莉娅看在自己的面子上,不要去恨奥兰多。

西莉娅不解地问罗瑟琳为什么自己不能恨他,罗瑟琳告诉她,奥兰多是一个值得爱的人,因为她爱奥兰多,而西莉娅又爱自己,所以她也应该爱奥兰多,而不是恨他。西莉娅似懂非懂地点了点头,实际上她还是没明白是怎么回事。弗莱德里克在从角斗场回来之后,心情非常不好,因为这次城内有好多人去了角斗场,从他们口中,弗莱德里克听到的都是赞美罗瑟琳的话语,说她是个品貌兼备的好姑娘。弗莱德里克是个嫉妒心很强的人,他不喜欢别人不赞美自己,反而去称颂自己哥哥的女儿罗瑟琳。于是他决定把罗瑟琳也赶到亚登森林里去,和她的父亲一起过流浪的生活。

想到这里,他来到了罗瑟琳和西莉娅的房间,他严肃地对罗瑟琳说:"亲爱的侄女,我限你在十天之内,离开我的国土去找你的父亲。如果到时让我发现你还在离我的国土二十公里以内,我便要把你处死。"罗瑟琳听后感到非常的震惊,她问弗莱德里克自己犯了什么过错使得他要放逐自己,她说自己并没有做错任何事,也没有故意去惹他生气,为什么要赶自己走。弗莱德里克冷漠地说:"所有的叛徒都是这样的,如果他们随便说几句话就可以免罪,那么他们可真是太清白了。至于你问我为什么要赶你走,把你放逐到亚登森林,我只有一个理由,那就是你是你父亲的女儿。"

罗瑟琳感到很不服气,她生气地对弗莱德里克说:"当叔父你夺走属于我父亲领土的时候,我就是他的女儿;当叔父你把我的父亲放逐的时候,我还是他的女儿。叔父你应该明白的,即使我们受到了别人的牵连,可却不关我的事啊,我的父亲并不是一个叛徒啊。所以,我请求叔父您,别把我当做坏人来看待。"但是无论罗瑟琳说什么,弗莱德里克都坚决要把她赶出自己的领土。

西莉娅见父亲坚决要把自己的姐姐赶走,连忙上前劝阻父亲,可弗莱德里克却对她说:"我的女儿,当初我之所以让她留下来,全部都是为了你,否则我早就让她和她的父亲流浪去了。她这个人太阴险了,留在你身边我这个做父亲的很不放心。她的和气、她的忍耐都能感动别人,让别人去可怜她。傻孩子,她现在已经夺去了你的名誉。只有她离开了,你才能显得美丽贤惠。所以现在你什么都不要管了,我所做的决定是无法挽回的,她必须被放逐。"无论西莉娅如何哀求弗莱德里克,他都没有动摇自己的决定。

西莉娅见父亲心意已决,便不再多说什么,她不想看到罗瑟琳伤心的样子,便做出了一个决定,她告诉罗瑟琳不要伤心难过,从现在开始,她要和罗瑟琳一起离开自己父亲的领土,去亚登森林寻找伯父。

听了西莉娅的话后,罗瑟琳连忙摇头拒绝,她告诉西莉娅那里的生活是非常艰苦的,是不适应她生活的。可西莉娅心意已决,无论罗瑟琳说什么,她都没有动摇自己的决定。罗瑟琳没有办法,只能答应带着西莉娅一起走。罗瑟琳又想到两个姑娘走很远的路是件危险的事,便和西莉娅商量女扮男装,由于罗瑟琳比较高,便由她假扮成哥哥,而西莉娅则假扮她的妹妹。商量好了之后,两个姑娘开始准备起来,她们先是整理好自己的行李,然后装扮起来,带上平时省下来的财物,趁着天黑便溜出了城去。两个人经过辛苦的赶路,终于到达了亚登森林。

亚登森林是一片非常宽广辽阔的土地,两个姑娘刚到这里并没有马上找到罗瑟琳的父亲等人,反而在森林里迷了路。两个人又累又饿,硬撑着疲惫的身体在森林里走着,最后实在是走不动了,便坐在了地上休息起来。过了一会儿,从森林深处走来一个放牧的人,罗瑟琳见有人走来,便上前去和他谈了起来,她对放牧人说:"您好,我们是过路的人,不小心在这片森林里迷了路,我的妹妹现在又累又饿,请你带我们去一个可以休息并且能吃东西的地方好不好?我的妹妹快要晕过去了,我愿意用我的人情和财物来换。"

善良的放牧人见她们两个很可怜,也很想帮助她们,可又觉得很为难,他对罗瑟琳她们说:"我也很想帮助你们,但我只是一个给别人看羊的人,羊虽然归我管,可是羊毛却不归我剪。我的主人非常的小气,很少做善事,现在他要把草屋、羊群和牧场都卖出去。看你们这样的可怜,就和我来吧,我一定会让你们有东西可吃,有地方可休息的,因为主人没在家。"罗瑟琳和西莉娅一听放牧人愿意带她们去休息的地方,便很高兴地和他走了。她们来到牧场之后,第二天牧场的主人就回来了,罗瑟琳听说这里的主人要把羊群和牧场卖出去,便和西莉娅商量把牧场买下来,在没有找到罗瑟琳的父亲之前,先在牧场里呆着。

她们出了一个很高的价钱把牧场买了下来,还留下了之前放牧的那些人,并且给他们加了工资。罗瑟琳和西莉娅继续假扮着兄妹在牧场里生活着,她们经常去打听公爵被流放的地方。日子就这样一天一天地过着,弗莱德里克发现不但罗瑟琳离开了自己的家,连自己的女儿西莉娅也离开了,他非常的生气和着急,派了好多人四处打听她们的行踪。他从家里侍从的口中得知,罗瑟琳和西莉娅经常提起奥兰多,便以为是奥兰多带走了自己的女儿,便派人去奥兰多家中寻找。

世界经典文学名著大全
·青少年彩绘版·

四

罗瑟琳和奥兰多相遇

在奥兰多家里,一个狠毒的计划正在悄悄进行着。

角斗赛中不但没有害死奥兰多,反而使他赢得了更多人的赞美,这让一直讨厌他的奥列佛恨之入骨。他又想出了一个更狠毒的计划,想在奥兰多熟睡的时候,在他房间放一把火烧死他。幸运的是,奥列佛这个狠毒的阴谋被一个忠心的仆人知道了,他一直都很同情奥兰多,一知道奥列佛要害他,便连夜告知奥兰多,并把自己辛辛苦苦攒下来的钱给了他,让他连夜逃离这个家。

奥兰多没有想到自己的亲大哥会要害自己,更没有想到一直照顾自己的仆

人会把他所有的积蓄给了自己,他非常的感动,对仆人说了许多感激之话后,便在仆人的帮助下连夜逃出了城。

奥兰多和仆人刚刚逃出城,弗莱德里克便带着人来到了奥列佛家。弗莱德里克没有搜到奥兰多,便把奥列佛叫了过来,让他在一年之内找到奥兰多,如果找不到的话,将会没收他全部的财产,并把他赶出城。奥兰多和仆人逃出城后,连赶了好多天的路,不知不觉也来到了亚登森林。他们不小心也迷了路,又累又饿,不幸的是,他们并没有遇到放牧的人。

奥兰多年轻力壮还可以坚持几天,可那仆人已经上了年纪,累得坐在地上一步也走不动了。他让奥兰多不要管他,只管走自己的路去吧。善良的奥兰多又怎么肯扔下救了自己命的仆人呢。他先把老仆安顿好,告诉他自己去前面给他找吃的,让他挺住,嘱咐完之后,奥兰多便到森林深处找吃的去了。

奥兰多一直往森林深处走去,走着走着就看到几个人坐在地上聊天,地上还摆放着刚刚做好的饭菜。此时的奥兰多已经忘记了什么是礼貌,他拔出腰间的佩剑对他们说:"停住,你们不许吃。"这几个人并不是普通的路人,而是被流放的公爵和几位大臣。公爵看了看奥兰多,觉得他不是一个粗鲁野蛮的人,便问他:"朋友,你是因为遇到了什么困难才变得这么无礼吗?还是生来就不知道礼貌是什么的粗野汉子?怎么会如此的不懂规矩,打断我们吃饭呢?"

奥兰多听到公爵的问话,反倒觉得不好意思起来,便把自己的难处告诉了公爵。公爵听后微笑地对奥兰多说:"其实你不用这么野蛮的,既然你告诉了我们你的来意,我们当然会很客气地款待你了。"说着便让奥兰多坐下来一起吃饭,奥兰多饿极了,听到公爵让他吃东西,便不客气地吃了起来。当然他并没有忘记还在森林中的老仆,他告诉公爵等人,暂时不要把食物吃光,因为森林里还有着一位曾经帮助过他的老仆,也已经又累又饿走不动了。

听了奥兰多的话,公爵为他的行为所感动,他吩咐其他人先不要吃,让他把老仆带过来。并对其他人说:"没有想到在这世上,竟然还有比我们命运更悲惨的人呢。"过了一会儿,奥兰多带着年迈的老仆走了过来。公爵让他们两个坐下来一起吃饭,边吃边聊天。在聊天中,公爵知道了奥兰多就是自己最忠心的大臣鲍埃爵士的小儿子,也知道了他们之所以逃到此处的原因。公爵非常的喜爱和同情奥兰多,他认为奥兰多会遭遇这么多的不幸,和自己是有一定关系的,他把自己的身份告诉了奥兰多,并希望他能留在自己的身边。奥兰多也不知道自己该去哪儿,便答应了公爵的请求,和老仆留了下来。

奥兰多虽然留了下来,可他的心却一直在想念罗瑟琳,因为罗瑟琳是真正关心自己的人。奥兰多经常一个人在森林里散步,每当想起罗瑟琳时,他便把内心的思念之情刻在树上,还经常在树上为罗瑟琳写一些情诗,偶尔还会写一些纸条撒在森林中。

买下牧场的罗瑟琳和西莉娅也住在亚登森林里,有一天罗瑟琳去森林中散步,不经意间捡到了奥兰多写的纸条,她打开其中一张读了起来:"从东印度到西印度寻找珍宝,没有任何宝贝比得上罗瑟琳。她的好名随着风洒满全城,整个世界都在敬仰罗瑟琳。画师笔下的一幅幅动人画卷,在见了罗瑟琳后都黯然失色。任何的面容都不用铭记于心,只需记住那位美丽的罗瑟琳。"读完之后,罗瑟琳不禁脸红了起来,她感到非常的奇怪,她想知道是谁把自己的名字刻满了森林。

正当罗瑟琳不解的时候,西莉娅走了过来。罗瑟琳把手中的纸条拿给她看,西莉娅看后开始也觉得很奇怪,可马上她又很确定地告诉罗瑟琳她知道是谁写

的了。罗瑟琳不解地问她是谁,西莉娅胸有成竹地说:"还能有谁呀,我猜一定是姐姐送给他项链的那个年轻人,就是那位姐姐一直倾心的拳师奥兰多呀。"罗瑟琳一听到西莉娅说是奥兰多写的,内心激动无比,可她马上又想到这是不可能的事,奥兰多怎么会来亚登森林为自己写情诗呢?想到这里,罗瑟琳不禁苦笑着自嘲了一下。就在她们还在讨论纸条是谁写的时候,再一次来到森林里刻字的奥兰多走了过来。

世界经典文学名著大全
·青少年彩绘版·

五

奥兰多勇救奥列佛

罗瑟琳一眼便认出了自己心爱的人,她没有想到会在这里遇见他。由于罗瑟琳是女扮男装,奥兰多并没有认出她来,只是把她当做一般的放牧人看待。罗瑟琳见奥兰多并没有认出自己,便想到了一个试探他是否真心爱自己的办法来。她走上前和奥兰多谈了起来,奥兰多问罗瑟琳家住在哪里,怎么会出现在这片森林里。罗瑟琳告诉他自己和妹妹就住在这片森林里,每天以放羊为生。她还假装抱怨地说:"最近森林里来了一个疯子,经常在森林里的树上刻上罗瑟琳的名字,把树木糟蹋得不成样子。也不知道这个疯子是谁,等我见到了一定要好好教训他一顿不可。"

奥兰多不好意思地告诉罗瑟琳，树上的字和林中的纸条都是他写的。他告诉罗瑟琳自己非常喜爱罗瑟琳，为了她导致自己得了相思病，他问假扮成牧羊人的罗瑟琳，有没有什么药方可以治好这种病。听到奥兰多亲口承认爱自己，罗瑟琳非常的高兴，但她没有表现出来，而是一本正经地对奥兰多说："爱情是一种疯狂的行为，对于医治你这种病我还是有方法的。"奥兰多连忙问是什么方法，罗瑟琳告诉他："从现在起，把她当做他心爱的罗瑟琳，每天都到她住的地方来向她求爱，这样时间久了，相思病也就自然会痊愈了。"奥兰多觉得这个办法很不错，便答应了罗瑟琳。

罗瑟琳把自己住的地方告诉了奥兰多，奥兰多每天都会来到那里，把假扮成牧羊人的罗瑟琳当做真正的罗瑟琳去求爱，每天都会对她说许多的情话，并且向她朗诵自己写的情诗。罗瑟琳被奥兰多的真情所感动，可她在没有找到父亲之前还不想暴露自己的身份，所以一直以来她都以牧羊人的身份和奥兰多相处，没有告诉他自己就是真正的罗瑟琳。

这一天，奥兰多又像平常一样来到了罗瑟琳和西莉娅的住处，只是由于临时有事所以晚到了一个小时。罗瑟琳因为奥兰多晚到了一个小时，正在房间里生着闷气。奥兰多把她当做真正的罗瑟琳来道歉，告诉她自己只不过是晚了一小时而已，并请求她原谅。当罗瑟琳看到奥兰多走进房间时，她的气就已经消了一半，可她还是想捉弄下奥兰多，便假装生气地说："不要不在乎这一小时的约会，要是以后再这样迟到的话，那就不用来看我了。我宁愿让一只蜗牛来向我献殷勤，虽然它行动缓慢，可是它却把房子背在身上，对女人来说，这可是最稳定的家产了。不仅如此，它还随身带着自己的命运呢！"

奥兰多好奇地问为什么说它随身带着自己的命运，罗瑟琳告诉他，蜗牛的触角可以随时保护自己的妻子，不会让别人有机会说自己妻子的坏话。奥兰多听后笑了起来,他没有想到这个牧羊人还有这么幽默的一面。罗瑟琳被奥兰多的笑脸迷住了,直到此刻她才知道自己有多爱他。

她让奥兰多把自己当做罗瑟琳来求婚,并让西莉娅假扮成牧师为他们主持婚礼。当西莉娅问罗瑟琳是否愿意嫁给奥兰多的时候,罗瑟琳想戏弄一下奥兰多,就说自己不愿意嫁给他。奥兰多听后懊恼地说了一句:"如果你不愿意嫁给我,那我宁愿去死。"罗瑟琳被奥兰多的真情所感动,她问奥兰多会爱自己多久,奥兰多深情地告诉她会爱她比永久多一天。这样深情的话语,不仅打动了罗瑟琳,连西莉娅都希望有一天自己也能遇到这样一个爱自己的人。

陪着罗瑟琳表演了一会儿求婚的戏码后,奥兰多忽然想到自己和公爵约好一起吃饭的事情。他告诉罗瑟琳自己答应了朋友一起吃饭,要离开几个小时,等吃完饭后再来找她。罗瑟琳一刻也不愿奥兰多离开,可是一想到他也有自己的事要做,便勉强让他离开了,临走之前还一再的叮嘱他早点回来。

奥兰多离开罗瑟琳住的地方后,便一个人往森林深处走去,突然他看到前方有一个人躺在地上,一条大青蛇正向他爬去。奥兰多来不及多想,拔出腰间的佩剑就向那条蛇刺去,大青蛇见有人拿剑朝自己刺了过来,急忙转头向森林深处爬去。奥兰多刚松了口气,却听到背后传来奇怪的声音,他回头一看,只见一直凶猛的狮子向躺在地上的人走去。

奥兰多看了看躺在地上的年轻人,居然发现他就是自己的哥哥奥列佛。虽然奥列佛曾经多次加害于自己,可奥兰多是个心地善良的人,在他看来亲情大于仇恨,他不可能眼睁睁看着哥哥被狮子吃掉。他再次拔出腰间的佩剑,和狮子搏斗起来。虽然奥兰多非常的勇猛,可狮子的力气要比他大很多,这场搏斗奥兰多打得很辛苦,最后奥兰多趁狮子不备,一剑刺中它的要害,狮子虽然死

了,可奥兰多也受了重伤,他的肩膀被狮子抓掉了一块肉,血留不止。

　　奥列佛没有想到救自己的,竟然是自己一直想要杀害的弟弟。这次之所以来到亚登森林也是想要伤害他。弗莱德里克限他在一年之内找到奥兰多,他走了许多地方都没有找到他,最后才走到亚登森林。一想到弟弟不顾自己的性命和狮子搏斗,而自己却一而再再而三地加害于他,奥列佛感到非常的惭愧和后悔。他扶起受伤的弟弟,流着泪请求奥兰多原谅自己之前对他所做的一切。奥兰多一直都是一位胸襟宽广的人,对别人如此,对自己的哥哥更不会有仇恨之情。他见哥哥已经认识到了自己的错误便原谅了他。奥列佛感激地告诉奥兰多,以后一定会加倍地对他好,以弥补之前犯过的错。

世界经典文学名著大全
·青少年彩绘版·

六
罗瑟琳与父亲相遇

奥列佛为弟弟简单地包扎了下伤口,两个人互相搀扶着走到公爵的住处。奥兰多告诉公爵这是自己的哥哥,并把在森林里发生的事告诉了公爵。善良的公爵赏给了奥列佛一些新衣服,并让他住了下来,告诉他好好照顾受伤的弟弟。

奥兰多忽然想到自己答应了罗瑟琳,吃过饭之后要去找她,可自己现在又受了伤没有办法去。他把哥哥奥列佛找来,对他说:"亲爱的哥哥,在森林的另一端有一个牧场,牧场里住着一对兄妹,他们是我的朋友。那位哥哥长得很像罗瑟琳,我经常把他当做罗瑟琳来开玩笑。就在你来之前,我答应过他们吃过饭后去找他们,可我现在受了伤没有办法赴约,我想请哥哥你带着这块染有血

迹的手帕,去告诉他们发生的事情,并且代我向他们道歉,没能按照约定去找他们。"

说着他拿出了一块染有血迹的手帕交给了奥列佛。奥列佛按照弟弟所说的地址来到了牧场,罗瑟琳和西莉娅走了过来,问他是谁,来这里做什么。奥列佛告诉她们自己是奥兰多的哥哥,这次来是替弟弟道歉的。罗瑟琳感到很奇怪,她问奥列佛为什么要来道歉,奥列佛对她说:"先生,我弟弟原本答应你吃完饭之后来找您,可是在半路上发生了一点意外来不了了。"听到奥兰多发生了意外,罗瑟琳脸色惨白,问奥列佛发生了什么事。

奥列佛便把在森林中遇到狮子,奥兰多和狮子搏斗的事告诉了罗瑟琳。他还把带血的手帕交给了罗瑟琳,告诉她奥兰多在和狮子搏斗时,不小心伤到了手臂。罗瑟琳见手帕被血染成了红色,吓得晕了过去,站在一旁的西莉娅连忙扶住她,紧张地叫着:"噢,我亲爱的哥哥,你这是怎么了,快醒醒,不要吓我。"奥列佛没有想到一个男人也会被血吓得晕倒,他连忙安慰西莉娅说:"不要担心,他一会儿就会醒过来,很多人一见到血都会晕倒的。"西莉娅知道奥列佛不知道其中的真正原因,她只说了一句:"可能不只是怕见血,我想还有其他的原因吧。"

西莉娅从房间里拿出一杯水给罗瑟琳喝下,过了一会儿,罗瑟琳醒过来,西莉娅和奥列佛都松了口气。奥列佛调笑地对罗瑟琳说:"真没有想到,你一个大男人竟然见到血还会晕,你还算是个男人吗?实在是太没有男子汉气概了。"罗瑟琳虚弱地笑了笑,并没有否认,她还对奥列佛说:"你的弟弟奥兰多一直都觉得我长得很像罗瑟琳,这段时间我一直假装罗瑟琳,而他则假装向我求婚。别人都说我假装起来很像呢。请你回去告诉奥兰多,我假装得有多么的逼真。"奥列佛见罗瑟琳还有心情开玩笑,身体应该是没什么问题了,对她说:"好吧,希

望你振作起来假装成男人吧。"

罗瑟琳略带神秘地笑了笑,对奥列佛说:"我这不是正在假装吗?唉,可是说实话,我本应该是个女人的。"她的这番话让奥列佛感到很疑惑,却又不知道该问什么。他还告诉了罗瑟琳和西莉娅自己曾经做过许多伤害奥兰多的事情,现在他对以前所做的事感到非常的后悔和懊恼。奥列佛对她们说:"曾经的我是个坏人,一心只想独霸家产,险些杀害了我的弟弟奥兰多,现在我非常的后悔,我决定痛改前非,好好地照顾我的弟弟,做一个真正的男人。"

奥列佛的这番话深深地触动了西莉娅的内心,西莉娅从来没有见过有谁能这么坦诚地承认自己的错误。再加上奥列佛也是位年轻俊朗的小伙子,这让西莉娅渐渐地对他产生了好感,甚至在内心深处也开始暗暗地喜欢上了他。奥列佛也对假扮成牧羊女的西莉娅产生了爱慕之情,在回到公爵那里后,经常会想起西莉娅美丽的容貌和善良的内心,总是一个人望着窗外发呆。奥兰多看出了哥哥的不寻常,便追问他发生了什么事。

奥列佛觉得这件事是瞒不住弟弟的,就告诉他自己爱上了牧羊人的妹妹,并且想娶她为妻。奥兰多没有想到哥哥会爱上只见过一次面的女孩,他有些不敢相信,也觉得这件事不太可能,便想问奥列佛几个问题,看他对西莉娅是不是真心的。

奥兰多问哥哥:"亲爱的哥哥,你才见过她一次面就会喜欢上她吗?一看见她,就会爱上她吗?一旦爱上了她,就会去向她求婚吗?一旦求了婚,她就会答应你吗?你一定要得到她吗?"面对弟弟的几个问题,奥列佛思考了一会儿,然后非常坚定地对奥兰多说:"我和她虽然相识得比较仓促,她的家世也不是很好,不管我的求婚她是否会答应,我只要你明白我是爱她的。我相信她也同样

地爱着我,这一点我从她的眼神里就看得出来。弟弟,只要你答应我们两个人的婚事,我愿意把咱们父亲留下来的房屋和土地都给你,而我自己愿意在这里做一辈子的牧羊人。"

奥兰多被哥哥的深情所打动,他拉着奥列佛的手说:"我同意你们的婚事,明天是个好日子,你们就在明天举行婚礼吧,我可以去把公爵和其他的大臣们请来,现在你需要做的就是告诉你的爱人准备好一切。"奥列佛听到弟弟同意自己的婚事非常的高兴,带着这份喜悦的心情去找西莉娅。奥列佛刚走,罗瑟琳就来了,她在门口碰到了自己的父亲公爵大人,由于她穿的是男人的衣服,公爵并没有认出来这是自己的女儿,但他觉得她和罗瑟琳长得很像,便问她的父母是谁,家庭情况怎么样。

罗瑟琳终于见到了分别已久的父亲,内心非常的激动。但她并没有马上说出自己的身份,而是随便说了一个男人的名字作为自己的名字,她还告诉公爵自己的家世和他很相像。听了罗瑟琳的话,公爵不再多说什么,他只是觉得很奇怪,一个牧羊人怎么会有和公爵一样的贵族出身呢。罗瑟琳原本是来看奥兰多伤势如何的,却在这里意外地见到了自己的父亲,当她正沉浸在父女重逢的喜悦中时,奥兰多看到了她,并向她走了过来。罗瑟琳看到奥兰多的手臂上包着纱布,不禁流下了眼泪。奥兰多以为她还把自己当做罗瑟琳,并没有多想她为什么会流泪。奥兰多告诉罗瑟琳自己的哥哥爱上了西莉娅,并且明天他们就要举行婚礼了。

世界经典文学名著大全
·青少年彩绘版·

七

皆大欢喜

一想到自己的哥哥明天就可以娶到心爱的人,奥兰多不禁有些黯然伤神,他悲伤地对罗瑟琳说:"唉,看到别人那么的幸福,真是让我内心很烦闷。越是想到哥哥明天开心快乐,我的内心就越是悲伤。"看到奥兰多如此的痛苦,罗瑟琳安慰他说自己仍可以假装罗瑟琳的。奥兰多摇了摇头,他告诉罗瑟琳自己不能总是靠幻想活着。罗瑟琳觉得是公开自己身份的时候了。她对奥兰多说:"看来我不能再拿空话来惹你心烦了。现在我和你说点正经的吧,我知道你是一个有远见的人,我并不是因为希望你赞美我而恭维你。假如你肯相信我,那么我会给你一个奇迹。"

奥兰多一听她能给自己一个奇迹，便问她是什么奇迹。罗瑟琳假装严肃地说："不瞒你说，在我三岁的时候认识一个会法术的人，他的法术非常高强，但却不是一个坏人。小的时候我非常的敬佩他，便让他教了我一些法术。既然你爱罗瑟琳爱得这么深，我愿意帮助你。就在明天你的哥哥和我妹妹结婚的时候，我一定会让她出现在你面前，到时候你就可以和她结婚了。请你放心，这件事不会有任何的危险。"奥兰多听到她能在明天把罗瑟琳带过来，非常的激动，可他马上就反应过来这是不可能的，他告诉罗瑟琳不要再拿自己开玩笑了。

罗瑟琳一本正经地说："我用我的生命起誓，我刚说的一切都是真话。虽然我只是一个会法术的人，但我也是很重视自己生命的。如果你愿意在明天和你心爱的罗瑟琳结婚的话，我就一定能帮助你结婚成功。现在你要做的，就是准备好最漂亮的礼服，然后去邀请你的朋友们明天来参加你的婚礼。"奥兰多见罗瑟琳不像是开玩笑的样子，便相信了假扮成牧羊人的罗瑟琳，明天会把真的罗瑟琳带过来。

当他们正在商议明天婚礼的事宜时，从门外走进来一对男女，他们是来找罗瑟琳的。年轻的小伙子叫西尔维斯，漂亮的姑娘叫菲苾，他们都是罗瑟琳牧场的工人。西尔维斯爱上了美丽的菲苾，而菲苾却爱着女扮男装的罗瑟琳。之前在牧场的时候，菲苾就把自己的爱意向罗瑟琳表示过，可罗瑟琳是女的，又怎么会喜欢上菲苾呢。罗瑟琳曾经告诉过菲苾自己不爱任何的女人，让她把心思放在西尔维斯身上，可菲苾一心只爱着罗瑟琳，根本听不进去任何的劝告。这次她和西尔维斯一起来，就是想再一次向罗瑟琳表明自己的爱意，同时也希望西尔维斯对自己死心。罗瑟琳对菲苾说她根本不懂得什么是爱情，然后让西尔维斯告诉菲苾什么是爱情。

西尔维斯是个沉默寡言的老实人，平时很少说话，这次为了心爱的人，他把

内心的想法说了出来。他想了想，然后深情地看着菲苾说："爱情，我觉得爱情是充满了叹息和泪水的；爱情，是要付出全部的忠心和服务的；爱情是热情的，是充满愿望的；我们应该对自己所爱之人充满崇拜和尊敬之情；面对自己心爱的人，我们要学会谦卑，学会忍耐和焦虑。我就是这样全心全意地爱着菲苾的。"听了西尔维斯的表白，菲苾并没有被感动，在她的眼中依然只有罗瑟琳，她温柔地对罗瑟琳说："西尔维斯所说的这些，我都有体会到的，因为我就是这样深爱着你的。"

听了西尔维斯和菲苾的表白，奥兰多又想到了自己深爱的罗瑟琳，不禁再次叹息了起来。他自言自语地说："是啊，我也是这样实心实意地爱着罗瑟琳呀。"几个年轻人就在房间里互相表达着爱意，每个人都不愿意放弃自己所爱的。最后，罗瑟琳实在是受不了了，对他们吼了一声："够了，请你们不要再说下去了，你们简直就像一群野狼在对着月亮咆哮。"她先走到西尔维斯面前，对他说："如果我有能力的话，我一定会帮助你。"接着她又走到菲苾面前，对她说："要是有可能，我一定会爱你；假如我可以和女人结婚，我一定会和你结婚。"然后她又走到奥兰多面前，对他说："既然你深爱着罗瑟琳，那么明天你一定能和她结婚的。"

说完她又告诉他们三人，让他们明天准时参加奥列佛和西莉娅的婚礼。到时候她会给大家一个满意的答案。奥兰多等人都答应明天一定准时赴约。就在这时，公爵办完事回到了这里，见房间里突然来了这么多人，便问奥兰多发生了什么事。奥兰多便把他们约好的事又说了一遍，还告诉公爵说这位牧羊人能在明天把罗瑟琳也变过来，到时候他就可以和罗瑟琳结婚了。

公爵听后觉得非常的不可思议。他问奥兰多："你真的相信这世上有法术吗？"奥兰多想了想说："这种事情，我有时候很相信，有时候却又不相信。我现

在真的是非常的想念罗瑟琳,既然他说能把罗瑟琳变过来,不妨就让他试一试吧。"

罗瑟琳见自己的父亲也来了,便走上前问他:"尊敬的公爵大人,如果明天我真的把罗瑟琳带到这里了,您是否愿意把她嫁给奥兰多作为他的妻子呢?"公爵激动地说:"如果你真的能把我的女儿带到这里来,即使要我拿几个王国作为嫁妆我都愿意。"罗瑟琳满意地点了点头,她又走到奥兰多面前,问他:"奥兰多先生,如果明天我把你心爱的人带来了,您是否愿意娶她为妻呢?"奥兰多坚定地回答说:"即使我现在是拥有至高无上权力的国王,我也不会爱上别的女人,我只想要罗瑟琳。"听了奥兰多的回答,罗瑟琳再一次微笑地点了点头。

她又走到菲苾面前,问她:"刚刚我和你说过,如果我愿意娶你,你就愿意嫁给我,对吗?"菲苾坚定地点了点头,罗瑟琳接着说:"既然这样,我们做个约定吧。假如明天你不愿意嫁给我了,就请你接受西尔维斯的爱意和他结婚,这样你能做到吧?"菲苾听后毫不犹豫地答应了罗瑟琳的要求,因为她知道自己是不会不愿意嫁给罗瑟琳的。见到大家都同意了自己的意见,罗瑟琳内心非常高兴,但她并没有表现出来。她怕众人没有明白自己的意思,便又对众人重复了一遍刚刚自己说的话。最后她对众人说:"记得你们答应过我的事,现在我要回去准备了。"

所有的问题都会在明天一起解决。虽然大家都很疑惑,但是他们也并没有多说什么,都静静地等待着明天的到来。到了第二天,换回女装的罗瑟琳和西莉娅,如约来到了奥列佛和奥兰多为他们准备的婚礼上。当他们出现的时候,在场的所有人都惊呆了,谁也没有想到罗瑟琳真的会出现在这里。公爵惊奇地说:"如果我眼前看到的是真的的话,那么她真的是我的女儿。"奥兰多也说:"如果这一切都是真的的话,那你真的是罗瑟琳了。"菲苾带着哀伤的口气说:"如果这是真的,那么永别了,我的爱人。"罗瑟琳走到父亲面前,把事情的经过大致讲了一遍。

听完罗瑟琳所说的之后,众人才明白是怎么回事。公爵等人高兴地为罗瑟琳和奥兰多、西莉娅和奥列佛举行了婚礼。当然,菲苾见罗瑟琳是女人之后,也愿意接受西尔维斯的爱意。

正当所有人沉浸在喜悦之中时,外面来了一个人,带来了弗莱德里克那边的消息。原来自从公爵被放逐后,许多大臣都因不满弗莱德里克管理封地的方式太过极端,纷纷过来投靠公爵。弗莱德里克知道后,便带着大队的人马来到亚登森林,想要杀掉公爵。结果在半路上,弗莱德里克遇到了一位智者,在与智者的交谈中,他大彻大悟,认识到了自己以前做了许多的坏事。

弗莱德里克决定放弃对权位的争夺,决定留在智者身边,从此过着隐居的生活。他还让人给公爵带个话,就是把之前的封地还给他,还有之前没收的大臣们的财产,也都全部归还,并且希望能得到他的原谅。公爵听后非常的高兴,他觉得这个消息是弗莱德里克送给自己女儿西莉娅最好的结婚礼物。婚礼过后,公爵带着大臣和罗瑟琳等人回到了自己的封地,在这里,人们又继续过上了幸福祥和的生活。

无事生非

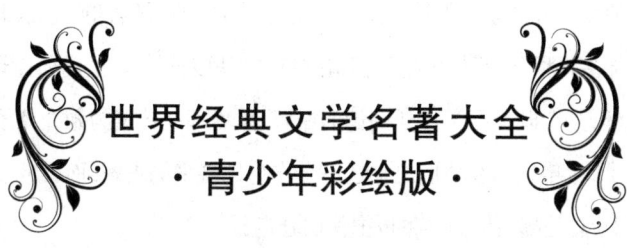

一

欢喜冤家

亲王彼得罗的手下有两名爱将,克劳狄奥和培尼狄克,在战场上他们是彼得罗的得力助手,私底下两个人是非常要好的朋友。培尼狄克是一位牙尖嘴利的小伙子,做事总是凭着自己的喜好,相比之下,克劳狄奥就稳重多了。

克劳狄奥爱上了总督里奥那托的女儿希罗,他觉得希罗是这个世界上最美的女子,全世界的财富都比不上她。而培尼狄克却觉得希罗很平凡,没有什么给他留下深刻的印象。实际上,对于心高气傲的培尼狄克来说,他不想娶任何女人为妻,他觉得婚姻就像一座坟墓,跳进去就再也出不来了。更滑稽的是,他觉得结婚典礼上新郎的绿色头巾太丑陋了,这也是他不想结婚的原因之一。

总督里奥那托和亲王彼得罗是很不错的朋友。听说他们凯旋而归,而且将要在梅西那多停留几个月,便把他们请到自己家里来暂住。里奥那托有个侄女叫贝特丽丝,是个既美丽又伶牙俐齿的姑娘,里奥那托曾经为她介绍了许多贵族家的公子,希望她能在他们之中选一个作为她将来的夫婿,而贝特丽丝却一个都看不上,总是嘲笑他们一番再把他们赶走。

贝特丽丝和培尼狄克是一对欢喜冤家,两个人都对婚姻抱着否定的态度。他们一见面总是避免不了一场唇枪舌剑的较量,各不相让。在培尼狄克出门打仗之前,贝特丽丝还扬言说他在战场上杀死多少人,她就能吃掉多少人。当彼得罗带着克劳狄奥和培尼狄克来到总督家的时候,碰巧遇见了贝特丽丝和希罗,贝特丽丝傲慢地看了看他,露出了讨厌的目光。培尼狄克忍不住逗弄了她几句:"噢,傲慢的小姐,都过了这么久,你居然还活着呢!"

贝特丽丝也不示弱,反驳说:"只要你活在世上一天,傲慢就会一直存在。就算再有礼貌的人,见到了你,也都会傲慢起来的。"

培尼狄克笑了笑继续说道:"这么说来,礼貌也是个反复无常的小人喽。你知道吗,贝特丽丝小姐,除了你之外,有好多女人喜欢我,可惜的是我一个都看不上。像你这样牙尖嘴利的小姐,我想应该没有哪个男人有勇气去爱你吧。也许这样最好,否则那个男人一定会被你抓破了脸。"贝特丽丝气坏了,从来没有人这么对她说话,她气愤地吼道:"幸好你不爱那些女人,要不然她们绝对会被你烦死。让你失望的是,追求我的男人有很多,可惜的是与其叫我听一个男人发誓说他爱我,我宁愿听一只狗向乌鸦表白。"

两个人正吵得不可开交的时候,亲王彼得罗看不下去了。他借口说有事情与培尼狄克和克劳狄奥商量,便把他们两个人带走了。再一次见到希罗的克劳

狄奥更加确定自己对她的爱,他恍恍惚惚的样子,让培尼狄克觉得很疑惑,便问他发生了什么事。克劳狄奥便把自己爱恋希罗的事情告诉了他,还说自己正为如何向希罗表明自己的心迹而烦恼。

以前克劳狄奥曾经告诉过培尼狄克自己对希罗有好感,培尼狄克当时并没有在意,认为他只是随口说说,可这一次看见好友为了一个女人这样的苦恼,他觉得很奇怪,为什么男人可以为了自己喜欢的女人,去带上那丑陋的绿头巾结婚呢?

培尼狄克一直都是个大男子主义者,从不把女人放在眼里。看到好友为了希罗变得如此心不在焉,不免心里有些气愤,他觉得为了一个女人这样是一件不值得的事情。正巧彼得罗走了进来,看到培尼狄克一脸气愤的样子,便问他发生了什么事。培尼狄克便告诉了彼得罗,克劳狄奥爱上了总督里奥那托的女儿希罗。他还对彼得罗说自己想不通,为什么好友要去爱那个矮个子的女人,如果是他自己的话一定不会这样,他不会为了任何女人亏待自己。彼得罗听后觉得这是一件很好的事情,他劝慰培尼狄克不应该这么去排斥美貌的姑娘,还对他说早晚有一天他也会为了爱情而变得憔悴。

培尼狄克不屑地说:"一个女人生下了我,我应该感谢她;她把我养大,我更应该对她表达我诚挚的敬意。但是如果让我为了一个女人去戴那个丑陋的绿头巾的话,那我只能敬谢不敏了。我不想因为我对女人们的不信任,而让她们感到委屈。当然我也不会委屈了自己,所以为了让自己每天都能穿得漂亮些,我愿意做一辈子的光棍。而且我可能会因为发怒、生病或者挨饿而脸色惨白,但绝对不会为了那可笑的爱情而憔悴。如果真的有那么一天,你们可以把我吊起来,叫全城的人用箭射我。谁把我射中了,你们就可以拍拍他的肩膀,夸奖他是个好汉子。"

彼得罗看到培尼狄克这么固执，便不再理他，转过头来问克劳狄奥是真的很爱希罗吗。克劳狄奥深情地回答说："亲王殿下，你有所不知，当我们向战场出发的时候，我只能用一个军人的眼睛望着她。心里虽然有着爱慕之意，可是因为有更艰巨的任务在我面前，又怎么可能会去顾及儿女私情。而现在我回来了，战争的思想已经离开我的脑中，代替它的是一缕缕的柔情，它们指点我，年轻的希罗是多么美丽，对我说，我在出征以前就已经爱上她了。"看到克劳狄奥这么的痴情，彼得罗便想帮帮自己的得力助手，对克劳狄奥说明天会向总督里奥那托说起这件事。

可克劳狄奥却觉得这样冒失地对里奥那托提起，他会觉得自己很轻浮。彼得罗忽然想到刚刚里奥那托告诉他，今晚将会在家里举行一个化装舞会，还邀请了他们三人。彼得罗对他们两个说，今晚他会假扮克劳狄奥，去向希罗表白，用动人的情话感动她。然后再向她的父亲转达克劳狄奥的意思，到时候这桩爱情一定会美满的。

二

化装舞会

他们的这番谈话被总督里奥那托的弟弟安东尼奥听见了,不过他却只听到了最后几句,以为是亲王彼得罗看上了自己的侄女,便把这件事告诉了里奥那托。里奥那托也是十分的惊讶,他担心希罗会被突然的告白惊到,便去嘱咐女儿提前准备准备。

听到彼得罗三人谈话的不仅仅有安东尼奥,还有彼得罗弟弟约翰的侍从,他把这件事告诉了约翰。约翰是个阴险的家伙,他一直以来都和哥哥作对。在回梅西那城之前,在战场上约翰做了一个错误的策略,害得许多士兵丢掉了性命,对此彼得罗非常的生气,严厉地惩罚了约翰。虽然后来两个人重归于好,但是对于哥哥对自己的惩罚,约翰一直怀恨在心,一直想找机会报复。

这一次他和哥哥一起来到里奥那托家里做客,当侍从告诉他克劳狄奥看上了希罗,而自己的哥哥将会在晚上的舞会上替克劳狄奥出面时,约翰觉得也许从这件事情中会找到报复哥哥的办法。

而在贝特丽丝和希罗的房间里,她们正和里奥那托兄弟俩谈论晚上舞会的事情。贝特丽丝和希罗在见到约翰之后,都觉得他是个奇怪的人,有点阴沉。里奥那托还开玩笑地说,如果把约翰的脸放在培尼狄克的脸上,而把培尼狄克的舌头放在约翰的嘴里,一定是一件很有意思的事。贝特丽丝觉得阴沉的约翰比油嘴滑舌的培尼狄克强多了。里奥那托觉得自己的侄女实在是太刻薄了,对她说如果她一直这么牙尖嘴利的话,没有人敢娶她,可贝特丽丝却不以为意。里奥那托便向女儿希罗嘱咐了几句,告诉她有点心理准备,最起码在彼得罗对她表白时,懂得如何回答。

到了晚上,有好多宾客都来参加里奥那托家的化装舞会。舞会上热闹非凡,每个人都带起了面具,看不到本人的样子。也许是缘分吧,贝特丽丝恰巧碰到了培尼狄克,培尼狄克一眼便认出了牙尖嘴利的贝特丽丝,而贝特丽丝却没有认出他。培尼狄克便去找她攀谈起来,培尼狄克问贝特丽丝,自己听别人说她是一个目中无人的女孩,想知道这是不是真的。贝特丽丝一听有人说她目中无人,第一个想到的便是培尼狄克,她心里非常的气愤。培尼狄克想知道自己在贝特丽丝心中是一个怎样的人,便试探性地问她觉得培尼狄克是什么样的一个人。

一提到自己讨厌的培尼狄克,贝特丽丝便忍不住发泄起来,对培尼狄克说:"他啊,是亲王彼得罗手下的军官,其实就是个不会说话的傻瓜。他的唯一的本

领,就是捏造一些无趣的谣言。只有那些无聊的人才会喜欢他那种人,那些人并不是欣赏他的聪明,而是喜欢他的刁钻。他一方面懂得如何讨好别人,另一方面也会随时惹人生气。所以啊,人们都是一边嘲笑他,一边打骂他。我想他今天也应该来参加舞会了,真希望他能碰到我,这样我就又有机会挖苦他了。"培尼狄克听到贝特丽丝这样说自己,非常的生气,他决定找个适当的机会好好报复她一下。

而另一边,化装成克劳狄奥的彼得罗亲王和希罗谈得非常的愉快,他觉得希罗还是对克劳狄奥有好感的。于是他便去找里奥那托把事实告诉了他,并希望他能成全两个年轻人的爱恋。这一切都被狡猾的约翰看在眼里,他觉得自己可以好好地戏弄下彼得罗。他趁没人的时候,便和侍从来到了克劳狄奥的身边,对他说:"您是我的哥哥信赖的爱将,他现在迷恋着希罗,居然发誓要和她结婚,我觉得您应该去劝劝她放弃这段痴情。希罗是配不上我哥哥的。您只有去真心地劝他,才能体现出您是我哥哥的好朋友。"他的侍从也在一边附和着,连忙称确有其事。

克劳狄奥信以为真,他以为亲王名义上是为了自己去对希罗表白,实际上是他自己看上了希罗而去向她求婚的。克劳狄奥非常的伤心,他觉得友谊在别的事情上都是可靠的,但在感情问题上却是不值得信任的。他虽然很难过,却又不想去争取。他觉得既然亲王看上了希罗,那么自己就退出吧。培尼狄克陪着亲王见完里奥那托,里奥那托同意了克劳狄奥和希罗的婚事。培尼狄克便想把这个好消息告诉自己的朋友。但在恶作剧本性的驱使下,他便开玩笑地对克劳狄奥说亲王把希罗夺走了。如果约翰的话没有让克劳狄奥相信的话,那么自己最好朋友的话就让他不信都不行了。

克劳狄奥让培尼狄克转达自己对彼得罗和希罗的祝福,他已经没有心情继续参加舞会了,便独自一人伤心地回房间了。培尼狄克觉得是自己玩笑开得过分了,便去找彼得罗,把刚才自己对克劳狄奥开玩笑的事告诉了他。彼得罗一边责怪培尼狄克,一边也在着急地想办法,他觉得这个时候,只有当着克劳狄奥的面才能把事情的真相解释清楚。于是他便去请贝特丽丝和希罗一起去找克劳狄奥。培尼狄克一听见要去找贝特丽丝,他可不想面对那个牙尖嘴利的丫头,便找了个借口对彼得罗说自己还有些事情要处理,不能陪着他了,便逃似的离开了。

三

花园里的"偷听"

彼得罗带着贝特丽丝和希罗还有里奥那托来到了克劳狄奥的房间。看到克劳狄奥苦着一张脸,彼得罗还以为他因此事而生了病,便问他是不是哪里不舒服。贝特丽丝忍不住挖苦道:"我觉得他不是生了病,你看他一直皱着眉头,就好像刚吃了一个酸橘子,心里头有着酸溜溜的味道。"彼得罗马上明白了贝特丽丝的意思,他笑了笑,慢慢地对克劳狄奥说:"小伙子,我想你是误会了,我已经替你向希罗求过婚,她已经答应了。我也和他的父亲里奥那托说起了这件事,他也同意了。现在你只要选定一个美好的日子,把你心爱的女人娶回家里,愿你幸福快乐。"

听了彼得罗的这番话,克劳狄奥才明白原来是自己误会亲王了。他的心里

非常的激动,一时之间竟说不出话来,等心情平复了才深情地看着希罗,并对她说:"噢,刚刚震惊得我都说不出话来,看来沉默是表达快乐的最好方法。亲爱的小姐,既然现在你已经属于我了,同时我也就是属于你的了。我把我自己跟你交换,我要一辈子都把你当做稀世珍宝来对待和珍爱。"原本希罗对克劳狄奥就很有好感,又看到他如此的深爱自己,便更是愿意和他在一起。

贝特丽丝看到妹妹希罗找到了自己的幸福,心里也跟着高兴,但也有些不是滋味,便半开玩笑半自嘲地说:"人家一个个的都嫁了出去,只剩下孤苦伶仃的我。看来我只能躲在墙角,一个人为自己没有丈夫哭泣吧。"亲王彼得罗听见一向乐观的贝特丽丝说出这样的话,便想逗她开心,说:"你觉得嫁给我怎么样?"贝特丽丝听后也知道这是亲王逗她开心的话,便也开玩笑地说亲王身份太贵重了,自己高攀不起。说完便一个人跑出去继续参加化装舞会了。众人看见她又恢复了平时的样子,也就不再担心,开始商量起克劳狄奥的婚事来。

里奥那托问克劳狄奥准备什么时候和希罗举行婚礼,克劳狄奥十分的心急,希望明天就能迎娶心爱的希罗。可里奥那托却觉得时间太匆忙了,什么都准备不好,便定在七天之后举行,这样婚礼才会准备得得体。

定完了婚期,大家又把话题扯到了培尼狄克和贝特丽丝身上,彼得罗告诉众人,他觉得他们两个人十分相配,如果自己略施小计的话,他们两个一定会热恋上彼此的。众人一听也都觉得他俩很般配,便表示愿意帮忙。彼得罗说他会教一些能打动贝特丽丝的话给希罗,让她去说给贝特丽丝听,而自己则要对培尼狄克耍点计策,到时候他一定会爱上贝特丽丝的。

这一天,培尼狄克在里奥那托的花园里欣赏美景,他的心里还在想着如何报复贝特丽丝。彼得罗和克劳狄奥还有里奥那托来到他附近的凉亭里,开始实

施他们的计划。他们假装不知道培尼狄克的存在,便在那里说起话来。里奥那托对彼得罗说:"你说这件事奇不奇怪,我那侄女贝特丽丝明明总喜欢和培尼狄克斗嘴,可谁想到她居然爱上了培尼狄克,我的女儿希罗告诉我,贝特丽丝每天半夜都起来想要写信给培尼狄克,可是心高气傲的她却怕培尼狄克知道自己爱上他后,他会嘲笑自己,死都不愿意让培尼狄克知道自己爱上了他。唉,可怜的孩子,总是一个人偷偷地流泪。"

彼得罗假装很惊讶的样子,不相信地说:"这不会是真的吧,如果贝特丽丝真的爱上了培尼狄克,那真是太不幸了。我的那个属下心高气傲,从不把女人放在眼里,也没有打算过结婚。如果我们告诉了他贝特丽丝爱上了他的话,他一定把这件事当作一个笑话,叫那可怜的姑娘格外难看罢了。"

克劳狄奥也在一旁附和着,他说希罗也告诉了他贝特丽丝爱上了培尼狄克的事,他觉得培尼狄克配不上贝特丽丝。彼得罗接着说:"唉,如果她把这份痴情用在我身上该多好,我一定会不顾一切地娶她做我的妻子。我对你的侄女真的深表同情,我们要不要去找培尼狄克,告诉他贝特丽丝爱他呢?"里奥那托却说这件事不能告诉培尼狄克,否则贝特丽丝一定会羞愧地想自杀。

三个人一边谈话,一边留意着培尼狄克听到后的反应。培尼狄克听到了这个消息很是震惊,他没有想到总爱和自己吵嘴的贝特丽丝会爱上自己。他一边想着一边自言自语起来:"看他们说话的神色,我觉得应该不是个诡计。再说总督里奥那托是不会骗人的。唉,他们怎么可以那么批评我,如果她真的对我说爱我的话,我一定不会摆架子的。"此时培尼狄克的心里想的全部都是贝特丽丝的好,他觉得贝特丽丝既漂亮又聪明,如果她真的很爱自己的话,他一定会娶贝特丽丝。

彼得罗三人注意到了培尼狄克的表情变化,同时也听到了他的自言自语。

他们知道培尼狄克已经中计了,在他的心里已经慢慢生起了对贝特丽丝的爱意。三个人不禁偷偷笑了起来,便离开了花园,边走边谈论着这回就要看希罗怎么对贝特丽丝说了。

希罗把自己的侍女叫了过来,对她说:"你去把贝特丽丝小姐找来,说我正和另一个侍女聊天,聊天的内容和她有关。叫她躲在隐蔽的地方偷听我们的说话。"希罗的侍女很快便把贝特丽丝找来了。希罗看到了躲在一旁的她,便和她的侍女谈论了起来。

希罗对侍女说培尼狄克爱上了贝特丽丝,而且整天为了她茶不思饭不想,但是他又不让亲王和自己的好朋友告诉贝特丽丝。侍女假装奇怪地问为什么不让贝特丽丝小姐知道呢。希罗说姐姐实在是太骄傲,如果让她知道自己的冤家爱上她,她一定会狠狠地羞辱培尼狄克的。希罗觉得自己说得不够逼真,又接着说:"姐姐这样的古怪而且还不近人情,我怎么敢把这个消息告诉她呢?我想还是去劝劝培尼狄克,叫他努力斩断这一段痴情吧。像他那么优秀的男子,在梅西那城里一定还有好多姑娘喜欢着他,除了姐姐,谁又会拒绝像培尼狄克一样的绅士呢。"

希罗在确定贝特丽丝听到了自己和侍女的谈话,并且已经有点动心之后,便带着侍女离开了。

贝特丽丝傻傻地愣在了那里,这个消息对她震撼太大了。她从来没有想过培尼狄克会如此的深爱自己,心里开始胡思乱想起来:"真的会有这种事吗?如果这是真的,我可不能允许希罗这样批评我,我要转变我的性情,用温柔的态度去对待培尼狄克。听希罗说他值得我爱,这倒是真的,他那么优秀,我想我应该比别人更了解他才对。"想到这里,贝特丽丝不禁笑了起来,她决定再见到培尼狄克的时候,一定要对他好一点。她已经开始慢慢地爱上了培尼狄克。

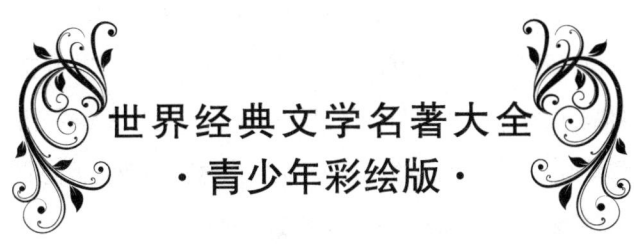

四

约翰和波拉契奥的诡计

约翰因为在化装舞会上没有能好好地羞辱彼得罗,心里非常懊恼,他开始恨起所有人来。他把自己的贴身侍从波拉契奥找了来,希望他能给自己想想办法。波拉契奥是一个诡计多端、非常狡猾的家伙,经常为了得到约翰的奖赏为他出一些馊主意。

这一次,为了博得约翰的欢心,一个毒计在他心里生起,他对约翰说:"爵爷,我想到了一个妙计。我和希罗的一个侍女已经相好一年多了,我想利用她来帮助您。明天晚上夜深人静的时候,我让她在希罗房里的窗口等着我。"

约翰不知道他为什么要这么做，便打断了他说："为什么要这么做呢？"波拉契奥接着说："爵爷，您别急，等我让她在窗口等我的同时，您去找克劳狄奥和彼得罗，对他们说希罗和我有私情。您假装十分关心克劳狄奥的婚姻的样子，怕他的名誉受损才来告诉他们的。如果他们不信的话，你就把他们带到希罗的窗口边，我就把那个侍女叫成希罗的名字，这样他们一定确信无疑了。到时候克劳狄奥一定会怒火中烧，美好的一段姻缘也就会被破坏，总督里奥那托也会因为有这样一个女儿而感到耻辱。这样他们一切美好的准备都会被打破，爵爷，这件事咱们一定要一口咬定是真的，否则的话就前功尽弃了。"

约翰觉得这个计划非常的好，他十分高兴，赏给了波拉契奥一千金币，叫他先去准备准备。约翰也没有闲着，而是去里奥那托那里向他打听克劳狄奥的婚期了。

再说培尼狄克在知道贝特丽丝爱上自己之后，开始逐渐改变自己，首先是穿着，然后是言行，彼得罗和克劳狄奥把这一切都看在眼里，他们知道之前的计划成功了。培尼狄克已经深深地爱上了贝特丽丝，克劳狄奥经常对培尼狄克开玩笑，问他是不是恋爱了，要不然怎么会做这么多的改变。培尼狄克又怎么会轻易地承认呢，便总是说些别的事情把话题岔开。克劳狄奥知道他是故意的，也不拆穿他，怕他难为情。

到了第二天晚上，约翰来到了哥哥彼得罗的房间里，碰巧克劳狄奥也在。约翰觉得是时机开始实行他的计划了。他先假装出一副欲言又止的样子，让彼得罗觉得自己的弟弟心里有事，顺便问他怎么了。约翰看了看自己的哥哥，又看了看克劳狄奥，便开始说起："有些话我知道在这个时候是不应该说的，是哥哥您促成了这段姻缘，真不想让您失望。可我又不想让哥哥和克劳狄奥以后后悔，我真的是为你们的名誉着想啊，希罗是个不贞洁的女人。"克劳狄奥和彼得

罗觉得很奇怪,不知道为什么约翰要说希罗是个不贞洁的女人,便让他快点把事情说清楚。

约翰便假装气愤地说:"不贞洁这几个字是不足以描述希罗的罪恶的。她在和克劳狄奥认识之前,就已经和别的男人有了私情,现在两个人还暗地里联系着。而且明明过几天她就要和克劳狄奥先生您结婚了,她还约了她的情人今晚在窗口约会。如果您不相信的话,今晚便可以和我一起去她的窗口边看个究竟。如果在看到这种情况之后,你依然爱着她的话,那你们就结婚吧。我说这些可都是为了您的名誉,我还是希望您能改变这种想法。"克劳狄奥和彼得罗简直难以接受这样的事情,他们对约翰说的话并不完全相信,便要求约翰带他们去一看究竟。

克劳狄奥还说:"如果今天晚上,希罗果真和别的男人约会的话,那我一定不会和她结婚,我还要在礼堂上当众羞辱她一番。"彼得罗也同意克劳狄奥的做法,他说毕竟当初是他撮合的两个人,如果希罗真的做了对不起克劳狄奥的事,他也会帮着羞辱她的。约翰看着两个人轻易地上了自己的当,心里非常的高兴,便带着两个人到了希罗的房间附近。正如波拉契奥事先安排的那样,他把希罗的侍女叫成了希罗的名字,并说了许多缠绵的情话。这一切都被躲在一旁的克劳狄奥和彼得罗听得一清二楚。克劳狄奥非常的生气,他发誓一定要在婚礼上好好地羞辱希罗一番。

约翰见自己的诡计得逞了,非常的高兴,便又赏给了波拉契奥一千金币。波拉契奥十分得意,拿着约翰赏给他的金币,叫上了另一个和他关系不错的侍从,两个人走出了总督家,打算好好地消费一番。波拉契奥边走边向另一个侍从炫耀,自己是如何为约翰出谋划策从而拆散希罗和克劳狄奥的,又说约翰是如何的器重他,奖赏他这么多的金币。这个愚蠢的人正在洋洋自得的时候,并

不知道自己的一番话都被凑巧路过的巡警听见。巡警觉得这是一个天大的阴谋，便把他们两个抓了起来，带回警察局审问。从他们口中得知希罗小姐是被冤枉了，警察局局长便派一个人去总督家把事情解释清楚。

五

希罗被当众羞辱

这一天是克劳狄奥和希罗结婚的日子,全城的人们都赶过来祝福这对新人。在希罗的房间里,希罗和她的侍女们正在忙着穿戴。贝特丽丝也在其中,她在得知培尼狄克喜欢自己之后,心里一直很乱,满脑子想的都是培尼狄克,连给希罗戴发夹的时候也因为分心戴反了。

希罗忍不住逗弄了她几句,问她是不是有心上人了,这几天做事总是心不在焉的。贝特丽丝一直都是个骄傲的女孩,又怎么会承认自己是因为一个男人而这样恍恍惚惚的呢。贝特丽丝解释说是自己最近休息不太好,还说这个世上有哪个男人能值得她这样的,希罗笑了笑,心想姐姐的嘴还挺硬的。

世界经典文学名著大全
·青少年彩绘版·

派去总督家解释清楚的巡警,是个非常啰嗦的人,经常都是说了一大段的废话之后,还没有把主要的问题解释清楚。他来到里奥那托家里的时候,婚礼马上就要举行了。他找了里奥那托总督,先和他说了一些慰问的话,又谈到了自己的同事,说了一大堆不着边际的话,里奥那托不耐烦了,对那个巡警说让他有事等到婚礼结束了再说,现在他要赶去参加女儿的婚礼了。那位啰嗦的巡警觉得里奥那托说得很有道理,便没有继续说下去,他想等到婚礼结束之后,再和里奥那托说也不晚,于是便向总督道喜,之后就离开了。

克劳狄奥在知道希罗和别人有私情之后,越想越生气,觉得希罗居然做出这样对不起他的事,他要在婚礼上当着全城人们的面羞辱希罗,让她们都知道她不是一个好女人。带着这样的报复心理,克劳狄奥和希罗走进了礼堂。当神父问起克劳狄奥是不是为了和希罗结婚才来到这里的时候,他非常坚决地说不是。所有的人都以为克劳狄奥是在开玩笑,便没有人理会他。当神父问道希罗有没有什么事,隐瞒了即将成为自己丈夫的克劳狄奥时,希罗回答说没有。克劳狄奥再也压抑不住内心的怒火,在那里大吼起来。

他恶狠狠地对里奥那托说:"你的女儿在说谎,里奥那托总督,把你的女儿领回去吧,她表面上装出一副害羞的样子,仿佛是天真无邪,实际上她是个在要和我结婚前,还和别的男人私通的坏女人。我是不会和一个外面看起来非常完美,但里面已经坏透了的橘子结婚的。"这个消息对于前来参加婚礼的人们来说简直是太震惊了,里奥那托和希罗就更是惊得说不出话来。里奥那托不相信自己的女儿会做出这种事来,他极力反驳着,克劳狄奥却说她和别的男人约会的事,是他和彼得罗亲眼所见的。彼得罗也不屑地对里奥那托说,这件事他看得一清二楚。

如果克劳狄奥的话不足以让里奥那托相信的话,那么亲王彼得罗说的话就

让他不得不信了。因为他知道亲王彼得罗是不会随便冤枉自己的女儿的,他非常的生气又感到非常的羞愧。克劳狄奥让里奥那托问自己的女儿是不是有这么一回事,希罗根本就没有做过那样的事,她又怎么会去承认呢,她极力地说自己没有干过这样的事。希罗的不承认在克劳狄奥看来是在狡辩,他生气地对希罗说:"如果你把外表一半的美好分给你的内心,那么你该是个多么好的希罗。可惜你却做出这样下贱的事情,我是不会原谅你的,我永远都不想再见到你,再见了,蛇蝎美人。"

希罗怎么经得起这样恶毒话的打击,一气之下晕了过去。在一旁的贝特丽丝和培尼狄克连忙扶住了她,把她带回了房间里,却怎么也叫不醒她。里奥那托又生气又着急,他既怕自己的女儿出什么事,又为有这样丢脸的女儿感到耻辱。他不禁在一旁感叹地说:"上帝为什么要这样对我,我唯一疼爱的女儿居然做出这样丢人的事情。唉,希罗你还是不要醒过来了,虽然这样我会很难过,但总比让你活在羞耻里好得多。你是我最引以为傲的孩子,我是那么的疼爱你,甚至把你看得比我的生命还要重要。现在你掉进了污泥里,就算再清澈的海水,也洗不净你身上的污秽。"

贝特丽丝和培尼狄克在一旁劝慰着里奥那托,贝特丽丝十分肯定地相信自己的妹妹不会做那样的事。来主持婚礼的神父把这件事的整个过程看在了眼里,他觉得事情应该没那么简单,希罗小姐应该是被冤枉的。他对里奥那托说:"总督大人听我说几句,我刚刚在这儿静静地旁观了这件意外的事,我认真地观察了您女儿的神色,原本她的脸色因为羞愧而变红,而随后却又变得惨白,从她火一样的眼神里,我可以看出她是含冤受屈了。我敢肯定令小姐是个清白无罪的人。如果事实不是我想的这样的话,那您和您的朋友尽可以叫我傻子,从此不再相信我。"

心烦意乱的里奥那托根本听不进神父的话,他觉得就是自己的女儿不知羞耻和人私通,要不然为什么刚刚在礼堂里她没有开口否认呢。正在这时希罗醒了过来,神父便问她,克劳狄奥说她和别人私通,是否真的有这回事。希罗惨白的脸上露出坚决的表情,对在场的人说:"我真的不知道发生了什么事情,可我没有和别的男人私通,如果这件事是真的,就不要宽恕我的罪恶。父亲大人,您是知道的,我一直都是一个守礼法的人。如果您真的见到我和哪个不三不四的男人来往,那么就请你亲自处死我吧。"说完便趴在贝特丽丝怀里哭泣起来。

希罗的一番话让在场的人都沉思起来。培尼狄克觉得这件事很蹊跷,他觉得彼得罗和克劳狄奥都是正直善良的人,应该不会去做诬陷别人的事情,如果这件事真的是一个诡计的话,也就是约翰干的了。里奥那托还是心疼女儿的,他宁愿相信这件事真的和希罗无关。他对希罗说,如果她真的和别人私通,他会亲手杀死她;但如果她是被冤枉的,是他们无中生有损害希罗的名誉,他会去和冤枉她的人拼命,不会让别人觉得他总督家是好欺负的。贝特丽丝一边哭一边安慰着希罗,她从始至终都相信希罗是被冤枉的,作为和她一起长大的妹妹,她比任何人都了解她。

六
为希罗讨公道

沉着冷静的神父想到了一个办法,他让里奥那托对外宣称希罗已经死了,并为她举办丧礼仪式,让希罗小姐这几天不要出门露面。里奥那托不明白为什么要这么做,便问神父这么做的目的是什么。神父解释说:"如果城里的人们知道了希罗是被诽谤死的,那么大家就不会再去羞辱她,反而觉得她很可怜,值得同情,便会来哀悼她。克劳狄奥也会和城里的人一样,如果他知道自己无情的言语杀死了他心爱的希罗,他一定会后悔自己所做的事,他会怀念希罗过去的好。就算这么做挽回不了他们的婚姻,也能把对希罗的羞辱掩盖过去。"

此时的里奥那托已经六神无主了,听到神父的建议仿佛抓到了救命的稻

草,他连忙出去准备实施这个计划。贝特丽丝让希罗在房间里好好休息,便和培尼狄克走了出去。

离开房间之后,贝特丽丝的眼泪一直没有停止,培尼狄克看在眼里,十分的心疼,他不知道自己能为她做些什么,便对她说:"不要哭了,贝特丽丝小姐,我相信希罗小姐一定是被冤枉了,看到你这么的伤心,我很着急,不知道我能为你做些什么呢?"贝特丽丝难过地摇了摇头,对他说她想找个她十分信赖的朋友为她做件事,可惜的是她还没有找到那样一个人。培尼狄克觉得是时候向贝特丽丝表白了。

他深情地拉住贝特丽丝的手,对她说:"我美丽的小姐,请相信我说的话,我对着我的宝剑发誓,我已经深深地爱上了你,如果有人说我不爱你,我便让他受我一剑。我愿意做最值得你信赖的那个人。"贝特丽丝没有想到培尼狄克会以这样的方式向自己表白,虽然她早就从希罗口中得知他爱自己,可当培尼狄克亲口说出来后,她还是不禁羞涩起来。她对培尼狄克说实际上自己也是爱他的,培尼狄克听见贝特丽丝亲口承认爱他的时候,高兴地跳了起来,他再一次拉起贝特丽丝的手,说了些缠绵的情话,然后问她希望他能为她做些什么事情。

贝特丽丝想了想,说她希望培尼狄克去把克劳狄奥杀死,因为他诬陷了自己最疼爱的妹妹,还差点害她丢了性命。她十分气愤地说着:"今天他对希罗所做的一切都已经证明他是一个坏人,他怎么可以随便污蔑我的妹妹,毁坏她的名誉。我现在十分的厌恶他,如果我是一个男人,我一定在婚礼当中吃掉他的心。好一个会做鉴证的亲王,好一个表面甜言蜜语结果却杀人于无形的伯爵。如果你真的爱我的话,就帮我杀了克劳狄奥,为我妹妹出一口气。唉,我无法为希罗报仇,就只能在这里默默地伤心流泪。"说到这里,贝特丽丝又开始哭了起来。

培尼狄克十分为难,一边是自己最要好的朋友,一边是自己最心爱的女人,现在心爱的女人叫自己去杀自己最好的朋友,他如何下的去手。他一直在劝贝特丽丝打消这个念头,可贝特丽丝什么都听不进去,还对他说如果他不去杀克劳狄奥的话,她就不会再和他交往下去。培尼狄克对贝特丽丝的爱非常深刻,他宁愿失去朋友也不愿失去她,于是他便答应了贝特丽丝的要求,去找克劳狄奥挑战,为希罗讨回一个公道。临行前他亲吻了贝特丽丝的手背,让她放心,他答应她的事情就一定会去做到,培尼狄克让她去安慰希罗,自己起身去找克劳狄奥。

里奥那托在假装处理完希罗的丧事之后,便一个人待在房间里发呆,他觉得自己这几天的遭遇十分的不幸。他的弟弟安东尼奥看到哥哥这几天为了这件事把身体都快累垮了,心里很是着急,他安慰自己的哥哥不要再生气下去了,这样会对身体不好的。里奥那托还是听不进任何的劝告,他对安东尼奥说:"不要再劝我了,你对我说这些,就等于往破了洞的水桶倒水一样,没有任何的用处。不要试图找人来安慰我,除非那个人和我遭到了同样的不幸。唉,又怎么会有和我一样疼爱自己女儿的父亲,同时又失去了做父亲的快乐呢。如果真有那么一个人,我真想向他学些忍耐的方法。"

里奥那托叹了口气,接着说道:"我亲爱的兄弟,如果你没有亲身经历这种事情,你是不会体会到其中的心酸的。所以不要用太多的语言劝告我,让我继续哀伤一会儿吧。其实我的内心深处还是相信我的女儿的,我觉得她是被人冤枉的,我一定要让克劳狄奥知道自己的错误,让那些毁坏我女儿名誉的人们认识到他们的错误。"

安东尼奥也对哥哥说他也是非常相信自己的侄女的,他让里奥那托不要想太多的事情,不要一味地让自己吃苦。安东尼奥带着哥哥去花园里散散心,不

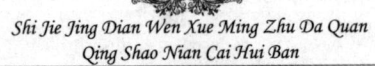

巧碰到了亲王彼得罗和克劳狄奥。里奥那托见到两个人,火气一下子就上来了。

他见克劳狄奥持着剑,便以为是来找他挑战的。他怒气冲天地说克劳狄奥是个骗子,如果又是想来羞辱他女儿的话,就和他老人家拔剑决斗吧。克劳狄奥并没有想和里奥那托决斗的意思,便向里奥那托道歉说自己不是有意吓到他的。可里奥那托却不领情,他恶狠狠地骂着克劳狄奥:"哼,年轻人,不要把我当傻子,如果我和你一样年轻的话,我一定让你死在我的剑下。我那么看好你,你却毁坏我女儿的名誉,把我害得好苦啊。现在我不顾这把年纪向你挑战,为我的女儿讨回她的清白。她现在已经被你们羞辱死了,我要为她报仇。"

说完里奥那托便拔出了剑,彼得罗连忙上前劝解,对里奥那托说他们没有诬陷他的女儿,他和克劳狄奥确实是亲耳听见的。安东尼奥听见彼得罗到了现在还一口咬定自己的侄女和别人有私通,非常的生气,也拔出剑来要和哥哥一起向他们两个挑战。

彼得罗没有想到事情会发展到这个地步,他对怒气冲冲的兄弟俩说:"我们不想冒犯你们,对于希罗小姐的死我们感到非常的遗憾,可我敢用我的名誉发誓,我们在礼堂上说的话全部都是事实,而且我们还有充分的证据,请两位理智一些。"里奥那托见克劳狄奥没有接受挑战的意思,便气冲冲地带着弟弟离开了。

两个人刚离开不久,彼得罗和克劳狄奥便遇到了培尼狄克。克劳狄奥并不知道培尼狄克是来找自己挑战的,还对他说这阵子自己实在是倒霉透了。培尼狄克在从巡警口中得知约翰在几天前逃出梅西那城后,就更加确定希罗是被冤枉的。

现在他看到克劳狄奥不但没有对希罗的死感到一丝愧疚,反而向自己抱怨他的不幸,于是生气他对克劳狄奥和彼得罗说:"亲王殿下,以前承蒙你的爱戴,我十分的感谢,可现在我不会再和您交往下去了。你和你的弟弟还有克劳狄奥合伙害死了一位无辜的姑娘,现在你的弟弟已经逃跑了,我要向克劳狄奥挑战,为希罗讨个公道。"

彼得罗和克劳狄奥起初还以为培尼狄克是被爱情冲昏了头脑,以为他被贝特丽丝迷了心窍,并不以为意。可当彼得罗听培尼狄克说自己的弟弟逃出城之后,他才感觉事情好像不对劲。两个人急匆匆地往总督府走去,想去警察局了解些情况,正巧碰到再次来找里奥那托的那个啰嗦的巡警。

两个人从他的口中了解到了事情的真相,希罗确实是被冤枉的。两个人仿佛被雷劈了一样定在那里,他们知道自己做了多么愚蠢的事情,也知道他们对希罗的伤害有多大,两个人决定找里奥那托总督赔罪,无论他如何惩罚他们,他们都心甘情愿地接受。

七
真心悔过

看到前来赔罪的两个人,里奥那托忍不住讥讽他们几句,为自己的女儿出出气:"我是不是该感谢你们害死了我的女儿,你们做的这件事真的是不错呵,应该可以名留青史了。你们想想自己干了一件多么光彩的事。"

克劳狄奥非常的后悔和自责,无论里奥那托怎样辱骂自己,他都默默地承受着。彼得罗也深知自己犯了无知的错误,他也愿意接受里奥那托的任何惩罚。里奥那托感觉到克劳狄奥还是深爱着希罗的,只是之前被约翰那个小人蒙蔽了双眼。

他决定原谅他们,首先让他们当着全城人们的面还给希罗一个清白,还要为她做哀悼的诗歌。然后他又对克劳狄奥说自己有个侄女,和希罗长得很像,既然他不能做自己的女婿,就让他做侄女婿。他希望克劳狄奥娶自己的这个侄女,如果他愿意把原本属于希罗的名分转给他这个侄女的话,他就原谅他。

克劳狄奥没有想到里奥那托会只让他做这么简单的事,他从内心里感激里奥那托,为了惩罚自己对希罗所做的一切,他答应了总督的要求,并对他说:"总督大人的原谅,实在是让我感激不尽,我不敢不接受您的好意,从这一刻起,我克劳狄奥将会永远听您差遣。"说完他便告别了里奥那托,去希罗的坟上忏悔哀悼。

里奥那托和安东尼奥看到克劳狄奥这么真心地悔改,还愿意为希罗澄清清白,心里的怨恨和不满也就全都散去了。他们马上去找希罗,想把这个好消息告诉她。

再说培尼狄克和贝特丽丝,两个人的感情随着这么多事情的发生,越来越深厚。两个人经常在花园里说些甜言蜜语,两个人都是伶牙俐齿的人,过去他们针锋相对,可现在却是彼此爱慕,一对有情人终成眷属。

两个人正在花园里聊天的时候,一个侍女过来对他们说,事情的真相已经弄清楚了,过一会儿克劳狄奥就要在坟堂向全城的人们澄清希罗小姐的清白,她是奉总督的命令来要求他们一同去看看的。

贝特丽丝和培尼狄克赶到坟堂的时候,克劳狄奥正在朗诵哀悼词,看他认真和后悔的神情,他们知道克劳狄奥是真的认识到自己的错了,并且他还深爱着希罗。希罗带着面纱和她的侍女躲在坟堂的角落里,她看到了克劳狄奥对自己的诚心忏悔,内心里已经原谅了他。她的父亲告诉她等一会儿他叫她的时候,

她再出来。

里奥那托来到克劳狄奥的身边,问他真的愿意娶他的侄女吗,即使一次面都没有见过。克劳狄奥坚决地对他说,即使他的侄女长相丑陋,皮肤黑如炭,他也不会改变自己的心意,一定会娶她为妻的。

里奥那托觉得是时候让希罗出现了。他便把带着面纱的希罗带到克劳狄奥面前,当着他的面摘掉了面纱,克劳狄奥惊呆了,他没有想到希罗还活着,希罗深情款款地看着他,对他说:"从前的受诬陷的希罗已经死掉了,现在站在你面前的是你的妻子,一个清清白白的希罗。"克劳狄奥没有想到在自己这么伤害希罗之后,她还心甘情愿地想嫁给自己,内心非常的感动,他对希罗发誓,从今以后一定会好好地爱她,好好地珍惜他。

贝特丽丝和培尼狄克上前祝福他们,希望他们能永远幸福。这个时候,克劳狄奥和希罗便把之前和彼得罗串通起来撮合他们的事告诉了他们两个。

贝特丽丝和培尼狄克在知道事实的真相以后,两个心高气傲的人都为自己主动承认深爱着彼此感到难为情。贝特丽丝还骄傲地说:"我是为了救你的命才答应和你交往的。"培尼狄克听到她这可笑的理由,不禁失笑起来,在场的所有人都笑了起来,为了不让她再胡说下去,培尼狄克吻住了贝特丽丝的嘴,众人皆大欢喜。

当然那个罪魁祸首约翰也没有逃脱法律的制裁,被警察抓了回来,受到了应有的惩罚。

驯悍记

一

有名的悍妇

凯瑟丽娜是帕度亚有名的悍妇,没有人敢向她求婚,就算有不怕死的贵族上门提亲,也会被她打骂出门。而妹妹比恩卡却是温柔善良,向她求爱的人很多。可是她们的父亲巴普提斯塔曾经做过一个决定,就是在大女儿出嫁之前,是不会嫁小女儿的。这个决定可让那些追求比恩卡的小伙子们伤透了脑筋。

城内有两个年轻人葛莱米奥和霍坦西奥,他们一直都在追求比恩卡,可每次都会被巴普提斯塔打发回去。

这一天两个人又上门求亲了,在花园里,巴普提斯塔当着两个女儿的面,再

一次拿大女儿未出嫁当借口拒绝了他们。两个人很不服气，霍坦西奥劝巴普提斯塔不要这么的固执，这样会害比恩卡伤心难过的；葛莱米奥也说，像凯瑟丽娜那样一位悍妇有谁敢娶，这样比恩卡岂不是一辈子都嫁不出去了？无论他们两个人怎么说，巴普提斯塔还是坚持自己的决定，一定要大女儿嫁出去之后，再嫁小女儿。

两个人见他这样固执，也不便在他家多做停留，便想回去再商量计策，这时巴普提斯塔叫住了他们，告诉他们比恩卡姐妹俩现在缺家庭教师，希望他们能帮忙找一找。说完这些，便让仆人送两位绅士出去了。

霍坦西奥和葛莱米奥走在回家的路上，都觉得要想顺利地把比恩卡娶回家，最好的办法就是给凯瑟丽娜找一个丈夫。想到这儿，两个原本是情敌的年轻人，决定暂时变成盟友的关系，共同为凯瑟丽娜物色一位丈夫。两个人商定后便各自面带喜色地回家了。

有一位从披萨来的贵族路森修带着仆人特拉尼奥，经过巴普提斯塔花园的时候，不经意间听到了他们之间的谈话，也看到美丽大方的比恩卡。路森修在第一眼看到比恩卡的时候，便爱上了她的甜美安静，他想把她娶回家做自己的新娘，可却一时间没有接近她的机会。

正巧他听见了巴普提斯塔让葛莱米奥帮忙找家教的事，他灵机一动，想到了一个两全其美的好办法。他让仆人特拉尼奥装扮成自己的模样，先去向巴普提斯塔提亲，而路森修自己则装成一个穷苦的教师，并去找葛莱米奥，希望他能推荐自己去当比恩卡的家庭教师，这样就能方便自己当面向比恩卡求婚。这样一来，无论比恩卡答应哪个身份的求婚，最后嫁的还是他路森修。

葛莱米奥一直都想讨好巴普提斯塔，正巧化装成教师的路森修来请求自己

举荐他，葛莱米奥觉得这样做一来可以讨好巴普提斯塔，二来可以通过路森修来转达自己对比恩卡的爱。想到这里，葛莱米奥答应了路森修的请求，他告诉路森修自己一定会在巴普提斯塔面前举荐他的。路森修说了感谢之词后便离开了。

而霍坦西奥回到家后，仆人告诉他家里来了一位客人，霍坦西奥带着疑惑的心情走进房间，一看是自己在维洛那的好朋友彼得鲁乔。两个人见面后寒暄了几句，通过聊天，霍坦西奥了解到彼得鲁乔的父亲刚刚过世不久，他想在帕度亚找一位妻子，成家立业。彼得鲁乔找妻子的条件很简单，他不在乎女子是否长相美丽，年龄多大，也不在乎脾气是否暴躁，他只有一个条件，就是和他结婚的姑娘必须有钱。

霍坦西奥原本还为给凯瑟丽娜找丈夫的事情感到烦恼，当他听见好友要找妻子的时候，他第一个想到的便是凯瑟丽娜。他对彼得鲁乔说："我亲爱的朋友，当你和我提起这件事的时候，我便想到了一位姑娘。她既年轻又漂亮，而且还受过良好的教育，她的父亲是我们这儿有名的富翁。但她有一个很大的缺点，就是脾气非常的坏，是我们这儿有名的悍妇。要是她发起脾气来，她父亲都吃不消啊。这样一个女子，就算她倒贴我再多的金钱，我都不会娶她的。不知道彼得鲁乔你有没有兴趣呢？"彼得鲁乔一听这位姑娘的父亲是位富翁，便问他的名字叫什么。

当霍坦西奥告诉他是巴普提斯塔的时候，彼得鲁乔显得很兴奋，原来彼得鲁乔的父亲生前和巴普提斯塔是好朋友。彼得鲁乔深知巴普提斯塔家里很有钱，便不在乎凯瑟丽娜到底有多么泼辣，他强烈要求要见凯瑟丽娜一面。

霍坦西奥见好友这么急切地想见凯瑟丽娜，心里也是非常的高兴。他又想到巴普提斯塔让他和葛莱米奥给比恩卡找家教的事,他觉得只有自己化装成教师,才有可能比葛莱米奥早一步得到比恩卡的心,便告诉好友彼得鲁乔,自己爱上了凯瑟丽娜的妹妹比恩卡,他想化装成一名教师去接近比恩卡,希望彼得鲁乔在去巴普提斯塔家的时候,把自己举荐给巴普提斯塔,这样自己就有机会向她求爱了。

彼得鲁乔答应了他的请求,在霍坦西奥装扮好之后,两个人便一同往比恩卡家走去。

二

彼得鲁乔向凯瑟丽娜求婚

当他们两个人到巴普提斯塔家的时候,碰巧葛莱米奥带着装扮成教师的路森修也在那里,就连假装路森修的特拉尼奥也带着礼物来向比恩卡求婚。无论是女儿们的追求者还是他们请来的家庭教师,巴普提斯塔都表示欢迎,他先吩咐仆人带着两名家庭教师去见他两个女儿,接着便挽留他们留下来共进晚宴。

彼得鲁乔是一个直来直去的人,在见到巴普提斯塔后,便对他说:"先生,我的事情很繁忙,也许不能天天来这里向凯瑟丽娜求婚。您是知道我父亲的为人的,您可以根据我父亲的名誉,来推测我是不是一个靠得住的人。现在我的父亲已经去世了,他的全部财产都归我所有,当然我自己也赚了不少的家产。我冒昧地问一句，要是凯瑟丽娜愿意嫁给我，您打算给她一份什么样的嫁妆呢？"

巴普提斯塔没有想到彼得鲁乔会在第一次见面时就问他这样的问题，他想了想，告诉彼得鲁乔在他死后会把一半的田产分给凯瑟丽娜，在他们结婚的时候他会送上两万克朗。对这样丰厚的嫁妆，彼得鲁乔当然是不会有任何异议的，他想立即就和巴普提斯塔签订契约。巴普提斯塔却让彼得鲁乔先把凯瑟丽娜的爱求到手再和他签订契约，彼得鲁乔却信心满满地告诉他这不是什么为难的事。

他还故作神秘地对巴普提斯塔说："先生，虽然凯瑟丽娜脾气非常的暴躁，而我的性格也是十分的刚烈，但我们两个碰在一起就会把怒气磨没的，我相信她见了我之后一定会屈服的。"听了彼得鲁乔的话，巴普提斯塔还不是很放心，一直在嘱咐他准备接受刺耳的话。

正当彼得鲁乔要去见凯瑟丽娜的时候，化装成教师的霍坦西奥头破血流地走了进来。大家便问他发生了什么事，霍坦西奥告诉他们，他只不过指点凯瑟丽娜正确弹琴的方法，她便拿琴打破了他的头。彼得鲁乔听后大笑起来，说道："好一个勇敢的姑娘啊，我真是越来越爱她了，真想马上和她聊聊天。"

巴普提斯塔却因为女儿的粗鲁感到头疼，他先是叫仆人给霍坦西奥包扎下伤口，然后又安慰他不要生气，并告诉他以后改去教比恩卡。然后他又让人去叫凯瑟丽娜，让她和彼得鲁乔见上一面。

当彼得鲁乔见到凯瑟丽娜的时候，不禁被她的美貌惊呆了，他赞叹地说："美丽的姑娘，我经常可以听到人们称赞你的温柔贤惠，还说你美貌多姿。没有想到你比他们说的还要漂亮百倍千倍，我的心已经深深地被你打动了，我特地跑来向你求婚，希望你能答应做我的妻子。"

凯瑟丽娜却不为他的赞美所感动,她大骂彼得鲁乔,一会儿说他是一头给人骑的驴,一会儿又说他是一只大笨雕,最后竟然出手打了彼得鲁乔,打完之后凯瑟丽娜得意地问他是否还愿意娶她。

彼得鲁乔却没有放弃的意思,他继续称颂着凯瑟丽娜,对她说:"即使你打了我,我还是觉得你非常的温柔贤惠。曾经听人说你暴躁、粗鲁,现在我才知道他们说的都是假的。你说起话来很腼腆,就像春天的花朵一样可爱。你既不皱眉,也不斜着眼去看别人,更不会像那些嚣张的女人们一样咬着嘴唇。面对向你求婚的人们,你总是温柔地对待。现在我才知道,那些说你脾气暴躁的人简直是在造谣。你是那样的高贵又有气质,连走路的样子都很迷人,我真的更爱你了。"

最后彼得鲁乔还告诉凯瑟丽娜,不管她愿不愿意嫁给他,他都一定要和她结婚,而且凯瑟丽娜只能嫁给他。正在这时,巴普提斯塔走了进来,他问彼得鲁乔和凯瑟丽娜谈得怎么样了,彼得鲁乔骄傲地告诉他求婚很成功。他还说凯瑟丽娜一点也不像别人口中说的那样骄纵无理,说她像鸽子一样温顺。还说他们已经商量好了,在星期日举行婚礼。凯瑟丽娜听后,气愤地对巴普提斯塔说:"瞧您给我找了个什么样的人啊,疯疯癫癫也就罢了,还满嘴的胡话。哼,还星期日结婚呢,我倒希望看你在星期日上吊。"巴普提斯塔对他们俩不同的态度感到很奇怪。

彼得鲁乔连忙说:"呃,先生,你有所不知,刚刚我们两个人已经约好了,有别人在的时候,她还是装作一副很泼辣的样子。其实她是很爱我的,刚刚她还抚摸了我的头发,对我说了好多誓言,就在那一瞬间我便被她征服了。现在我要去威尼斯准备结婚礼服了,未来的岳父大人,您可以着手准备酒席宴请宾客了,我要在结婚那天,把凯瑟丽娜打扮成最美丽的新娘。"

说完之后，彼得鲁乔便离开了。留下葛莱米奥和假扮路森修的特拉尼奥争着要娶比恩卡，巴普提斯塔有些为难，他问两个年轻人，假如比恩卡嫁给了他们，他们会给她什么保证呢？两位年轻气盛的小伙子，觉得能给比恩卡最好的保证就是聘礼，两个人在巴普提斯塔的面前开始比起聘礼的多少来。

争到最后，特拉尼奥更是编出自己家有三艘商船和十二艘小划船来，而且还说这一切都可以作为聘礼。葛莱米奥不再争下去了，因为他知道自己的家产是比不过特拉尼奥的。而巴普提斯塔却让特拉尼奥在大女儿结婚后一个星期，拿出确实的保证给比恩卡，而且必须是他父亲亲自给的保证，他才会把女儿嫁给他。特拉尼奥没有想到自己随便编的谎话会引出这么多麻烦，他便想去找人假冒路森修的父亲。想到这里，他便离开了巴普提斯塔家去找人了。

而在比恩卡的房里，霍坦西奥和路森修为了讨好比恩卡，纷纷用贬低对方的方式来抬高自己。路森修挖苦霍坦西奥弹琴过于急躁，霍坦西奥却说这事用不着他来管。两个人一有机会便向比恩卡求爱，比恩卡一时也不知道自己究竟喜欢谁多一点，一直都没有给他们答复，这样一直拖到了凯瑟丽娜结婚的那天。

三

驯服凯瑟丽娜

在凯瑟丽娜结婚的那天,所有人都早早地来到教堂,等待着彼得鲁乔来迎娶新娘。可过了很久,彼得鲁乔却一直都没有出现。巴普提斯塔有些着急了,这对凯瑟丽娜来说简直就是一个笑话,两个人马上就要结婚了,可新郎却一直都没有到,他觉得简直是太丢脸了。

听了父亲的话,凯瑟丽娜也觉得很委屈,她不满地对父亲说:"你们谁也不丢脸,就我一个人丢脸。你们不顾我的意愿,硬要我嫁给那个家伙。瞧他求婚的时候那么急切,怎么一到结婚的时候,就变得如此慢慢吞吞。我曾经告诉过你们,他是一个疯子,总是装作一副爱开玩笑的样子,这样的男人又有谁愿意嫁给他呢?"

　　特拉尼奥在一旁安慰她,说彼得鲁乔有可能在来的路上遇到了什么事耽搁了。他还说彼得鲁乔虽然很鲁莽,但却是一个非常有见识的年轻人,他绝对不会在结婚典礼上逃走的。听了这话,巴普提斯塔的心才慢慢地平复下来。

　　就在大家焦急等待彼得鲁乔时,一名侍从急匆匆地走了进来,告诉众人彼得鲁乔来了。大家听后都去门口迎接他,结果却被他的打扮吓呆了。彼得鲁乔带着一顶崭新的帽子,却穿着一件旧马甲,破旧的裤子却把裤管卷得很高,一双破烂的靴子千疮百孔,一只用扣子扣着,而另一只却用带子绑着。他的腰上还佩着一把生了锈的残剑,手中牵了一匹一身是病的老马,身旁只跟了一个随从。

　　假扮路森修的特拉尼奥看不下去了,他告诉彼得鲁乔怎么能在结婚的日子穿得这么破旧,让他赶紧去换身像样的衣服。无论特拉尼奥如何劝说彼得鲁乔,他就是坚决不去换衣服,还振振有词地说:"为什么要换衣服呢?我这样见她不好吗?她要嫁的人是我,又不是要嫁我的衣服。"

　　听到彼得鲁乔这么说,特拉尼奥也就不再说什么了,众人一起走进了礼堂。当牧师问彼得鲁乔愿不愿意娶凯瑟丽娜的时候,他竟然说:"是的,他妈的。"牧师被他粗鲁的回答吓了一跳,手一哆嗦,竟把《圣经》掉在了地上,当他正打算弯腰去捡的时候,彼得鲁乔像疯了一样一拳把牧师打坐在地上,还高声地说:"谁心情好就把他扶起来吧。"

　　他的举动不仅吓坏了在场的所有人,更吓得凯瑟丽娜浑身发抖。在仪式结束以后,彼得鲁乔竟然叫人拿酒来,他当着众人的面把酒袋里的酒一口气喝光,接着竟然抱起一旁的凯瑟丽娜亲吻,让在场的来宾都不好意思起来。

　　巴普提斯塔怕彼得鲁乔再做出什么发疯的举动,便叫人去准备酒席,可彼

得鲁乔却说:"呃,您的好意我心领了,不过我实在是太忙了,不能在这儿多作停留,我马上就得带着我温柔贤惠的妻子离开。"

无论巴普提斯塔如何挽留,彼得鲁乔都不为所动,坚决要带凯瑟丽娜离开。凯瑟丽娜生气地说:"要走你自己走吧,没有人会拦着你的。可我是不会和你走的,等我什么时候高兴了,我什么时候再去找你。刚一结婚你就摆出这样的威风来,将来我岂不是要天天看你的脸色吗?"

听了凯瑟丽娜的话,彼得鲁乔慢吞吞地说:"亲爱的,你不要生气,也不要发怒,你是我的爱人,是我的财产,是我的房屋,是我的一切。而这一切现在是属于我的,你就必须听我的。"说完便叫仆人强行把凯瑟丽娜带走了。

看到凯瑟丽娜被彼得鲁乔带走后,比恩卡感慨地说:"姐姐本身就是个疯子,现在居然又嫁给了一个疯汉,真是不可思议。"

彼得鲁乔带着凯瑟丽娜一起赶往乡间的住宅,他不让仆人把马车往宽广的路上赶,而是走又窄又颠簸的烂泥路。那匹生了病的老马怎么受得了这样的崎岖小路,不小心跌了一跤,马车翻倒在一个大泥坑里,弄得凯瑟丽娜浑身都是烂泥,把她气坏了可又没有办法。就这样一路跌跌撞撞地来到了彼得鲁乔的家。

彼得鲁乔刚进家门,就当着凯瑟丽娜的面大骂家里的仆人,说他们没有尽做奴才的本分,骂出的话要多粗俗有多粗俗,要多难听有多难听。凯瑟丽娜看不过去,便上前劝了彼得鲁乔几句,彼得鲁乔对她倒是很客气,可却不让她吃饭睡觉。当仆人端来羊肉的时候,彼得鲁乔看了一眼便大发雷霆:"一群笨奴才,这肉都烧焦了。你们好大的胆子啊,明知道我不爱吃这东西,还敢把它端来。"说完便连盘带肉扔在了仆人身上。

凯瑟丽娜劝彼得鲁乔不要生气,她还说这肉烧得不错。而彼得鲁乔却一本

正经地对她说:"不,亲爱的,这肉已经烧焦了。再说,医生曾经告诉过我,让我尽量不要吃羊肉,因为吃了这些会伤脾胃的,还会使我的脾气变得暴躁。我们两个人的脾气本来就不好,所以宁愿挨些饿,也不要吃这些烧焦的肉吧。今晚你先忍耐些,明天我让他们烧得好一点。来吧,亲爱的,让我带你去新房看看。"

说完便牵起凯瑟丽娜的手,往他们的新房走去了。可到了房间里,彼得鲁乔便开始和凯瑟丽娜说起话来,一会儿讲些大道理,一会儿又骂仆人不懂事,弄得凯瑟丽娜坐立不安。

她既不敢看彼得鲁乔,也不敢说话,只能呆呆地坐在那里,一夜都没有睡。而此时的彼得鲁乔心里却很得意。原来,从在教堂的大闹到现在不让她睡觉,都是彼得鲁乔一手安排的。他的目的只是希望能成功驾驭凯瑟丽娜这个悍妇,他心想:"在她没有完全听从我之前,我是不能让她吃饱让她睡好的。今天没让她吃饭没让她睡觉,明天还不让她吃不让她睡,我一定要好好制伏她的火爆脾气。"

带着这样的想法,彼得鲁乔连续折磨了凯瑟丽娜好几天,终于,从不求人的凯瑟丽娜有些熬不住了,她请求仆人为她准备些吃的东西,可那些只听彼得鲁乔话的仆人,却只是在凯瑟丽娜面前说些菜名,而不给她真正的食物。

就像现在,仆人问凯瑟丽娜是不是想吃红烧蹄子,凯瑟丽娜刚想说好极了,仆人马上说怕她吃了上火;又问她吃清炖大肠好不好,这次还没等凯瑟丽娜想好,仆人就接着说那也是上火的食物。凯瑟丽娜生气了,她大声对仆人吼道:"给我滚开,你这欺负人的恶奴。你不拿吃的东西给我,却向我报着一道道的菜名来耍笑我。看见我如此的倒霉,你们是不是很得意啊?哼,我看你们能得意到几时,都给我滚开,看到你们就心烦。"

四

回帕度亚的途中

正当凯瑟丽娜在气头上的时候,彼得鲁乔手里拿着一盆肉,和霍坦西奥走了进来。此前彼得鲁乔去帕度亚做桩生意,碰见了好友霍坦西奥,便邀请他到家里来做客。霍坦西奥也想看看好友在娶了悍妇之后生活得怎么样,便和他一起回来了。

彼得鲁乔来到凯瑟丽娜面前,把一盆肉放在她面前,用着最温柔的口气对凯瑟丽娜说:"亲爱的,不要总是垂头丧气的,对我笑一笑吧。你看,我给你带煮肉来了。我相信你一定会非常感激我这份好心的。不过,亲爱的,在吃饭之前,你应该谢谢我才对。"

凯瑟丽娜实在是饿极了,她连忙说谢谢夫君,说完便坐在一旁吃了起来。霍坦西奥被眼前的情景惊呆了,他没有想到泼辣的凯瑟丽娜也会向别人道谢。彼得鲁乔让凯瑟丽娜快些吃,一会儿会有裁缝来家里为她做些衣服,等一切准备好了之后,他就带着凯瑟丽娜回到她爸爸那里。

彼得鲁乔得意地告诉凯瑟丽娜,他要把她打扮得非常体面,说要给凯瑟丽娜穿绸衣,戴绢帽戒指等等。过了一会儿裁缝来了,当他把为凯瑟丽娜制作的帽子拿出来的时候,彼得鲁乔只看了一眼就说这帽子难看死了,像一只汤碗,又好像是蚌壳或者胡桃壳,他还说这只适合给洋娃娃带。他让裁缝换一顶大点的来。凯瑟丽娜却觉得很漂亮,她说这是今年的最新款,她很想要,不想再换大点的。可彼得鲁乔却坚决不让她戴那顶帽子。

为了不让彼得鲁乔和凯瑟丽娜为了帽子的事吵起来,霍坦西奥连忙拿起裁缝手中的衣服赞扬起来,说这衣服手工非常的不错。凯瑟丽娜也觉得这件衣服做得很不错,可彼得鲁乔却说这衣服做得乱七八糟,他说袖子像小炮,衣服上的褶儿像包子,把好好的一件漂亮衣服贬得一文不值。他还为此大骂了裁缝,然后教仆人把裁缝赶了出去。

他回头看着凯瑟丽娜,对她说:"哎,亲爱的,看来我们只能老老实实地穿着家常衣服去你爸爸那儿了。不过别难过,我们口袋里有很多的钱,身上穿得寒酸点不算什么大事。我的好妻子,这身破旧的衣服是降低不了你的身价的。"

说完之后,彼得鲁乔看了看时间,他对凯瑟丽娜说现在是七点钟,他们得赶紧上路争取在午饭之前赶到。凯瑟丽娜奇怪地看着彼得鲁乔,告诉他现在已经是下午两点钟了,等到了那里可能连晚饭都没得吃了。

彼得鲁乔生气地说:"我说几点就是几点,如果现在不是七点钟,我就不上马。为什么我说什么、做什么、想什么你都要和我作对呢?哼,你如果还想去你父亲那里的话,那我说几点就是几点。"凯瑟丽娜被彼得鲁乔逼得实在没有办法了,只能顺从他说现在是上午七点钟,彼得鲁乔这才满意,带着目瞪口呆的霍坦西奥出去商量事情了。

等一切准备完毕,彼得鲁乔三人带着几个仆人便踏上去帕度亚的旅途。调皮的彼得鲁乔在路上也不放过凯瑟丽娜,他先是指着太阳说月亮的光芒好明亮,凯瑟丽娜纠正他说现在是白天,明明是太阳哪里来的月亮。可彼得鲁乔却偏偏说是月亮,两个人又争执了起来。

彼得鲁乔生气地对凯瑟丽娜说:"我对我自己发誓,我说它是月亮,它就是月亮;我说它是星星,它就是星星。反正我说它是什么,它就是什么。你要是敢说我说的不对,我就不去你父亲那里了,反正你总是和我闹别扭。"说着他竟然叫仆人调转马头回去。

凯瑟丽娜见到彼得鲁乔真的要回去,她慌忙拉起彼得鲁乔的手对他说:"我们已经走了很远了,请你不要回去好不好。哎,你愿意说它是月亮,它就是月亮;你高兴说它是太阳,它就是太阳;就算你说它是蜡烛,我也会顺着你说那是蜡烛。"

听了凯瑟丽娜的话,彼得鲁乔内心非常高兴,但他依然板着脸孔告诉凯瑟丽娜那是月亮,凯瑟丽娜连忙附和着说那是月亮。可彼得鲁乔这时又说她说的不对,这明明是太阳。凯瑟丽娜彻底崩溃了,她略带哀求地对彼得鲁乔说:"你说它是太阳它就是太阳吧。唉,月亮的圆缺就像你的性格一样捉摸不定。以后你管它叫什么,我就跟着叫什么吧。"

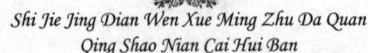

世界经典文学名著大全
·青少年彩绘版·

听了凯瑟丽娜的话,彼得鲁乔这才满意地让仆人继续赶路。走着走着,他们在半路上遇到一个老者,彼得鲁乔又想驯服下凯瑟丽娜了。他对凯瑟丽娜说:"你瞧,前方走着一位貌美的姑娘,你快说实话,你见过比她更漂亮的姑娘吗?你瞧她脸颊红润白嫩,就好像天上的繁星一样耀眼。亲爱的,你去问问她要到哪里去。"

凯瑟丽娜不敢再反驳彼得鲁乔的话,只好顺着他对那位老者说:"美丽的姑娘,你这是要到哪里去呀?你的父母生下你这么美丽的孩子,真是几辈子修来的福气呀。不知道哪个幸运的男人,可以得到你的怜爱呢?"

老者还没来得及说话,彼得鲁乔却在那里大叫起来。他不可思议地对凯瑟丽娜喊着,怎么可以把一位满脸皱纹的老者当成是一位漂亮的姑娘呢?简直是疯了。

凯瑟丽娜见彼得鲁乔又改了口,她连忙向老者赔罪,说是自己一时眼花,才把他看成是姑娘。她还问老者要去哪儿,如果同路的话就带着他一起走。老者告诉她自己要到帕度亚去找自己的儿子,彼得鲁乔一听他要到帕度亚,便问他的儿子是谁、叫什么名字。老者告诉他,他的儿子叫路森修。彼得鲁乔三人一听他是路森修的父亲,连忙把他请上了马,告诉他路森修正在追求凯瑟丽娜的妹妹比恩卡,正好顺路带着他一起去巴普提斯塔家。

五

路森修和比恩卡

在车上,凯瑟丽娜问起霍坦西奥怎么没有继续追求比恩卡,而是和彼得鲁乔来家里做客。霍坦西奥叹了口气,便把在巴普提斯塔家发生的事告诉了他们。

在彼得鲁乔和凯瑟丽娜结婚走后,假扮教师的霍坦西奥和路森修,还有假扮路森修的特拉尼奥一起留在了巴普提斯塔的家里。特拉尼奥为了帮助主人路森修顺利得到比恩卡的爱,便经常当着霍坦西奥的面说比恩卡和路森修很亲密。霍坦西奥听后很生气,他醋溜溜地对特拉尼奥说他们进步得倒是很快,他还告诉特拉尼奥其实自己是个绅士,为了追求比恩卡才装成教师的,可谁知道她不爱绅士,却爱上了一个穷小子。

特拉尼奥见霍坦西奥上当了,便又添油加醋地说:"啊,原来您就是霍坦西奥先生啊,失敬失敬,早就听说你对比恩卡十分的倾心,可现在我们却知道她是一个和家庭教师亲密的轻狂女子,唉,我看我们还是把这段痴情断了吧。"

听了特拉尼奥的话,霍坦西奥更加的伤心与不甘,他发誓说从此以后再也不向比恩卡求婚,特拉尼奥也在一旁附和地说他也不要追求比恩卡了。霍坦西奥气呼呼地对特拉尼奥说:"最好所有人都放弃对比恩卡的追求。朋友,忘了告诉你,有一个很有钱的寡妇已经爱我很久了,她一直都希望能和我结婚,而我一直都很迷恋比恩卡就没答应她,现在我决定了,我要在三天之内和那位寡妇结婚。我们找妻子是不应该只看长相的,有良心的女人才值得我们爱啊。我的主意已定,不会再改变了,路森修先生,再见了。"说完他便头也不回地离开了巴普提斯塔家。

特拉尼奥见主人的情敌已经离开了,不禁松了口气,但他又想到之前夸下海口,说要给巴普提斯塔很多的聘礼,巴普提斯塔说要听他父亲亲口答应才把女儿嫁给他。为了不让主人多操心,他决定找个人来假扮路森修的父亲去见巴普提斯塔。他听说从外地来了个老学究,无论是神态还是相貌都和路森修的父亲很像,便想编个谎言来请他帮忙。

特拉尼奥找到了那位老学究,问他是从哪里来的,老学究告诉他自己是从曼多亚来这里经商的。特拉尼奥假装表情严肃地对他说:"老先生,难道你不知道吗,从曼多亚来帕度亚的人都是要处死的。因为我们这儿的公爵和你们的公爵发生了争执,两国已经宣布不准敌邦人民入境的禁令。您是刚来到这里不知道这种情况呀!"

听了特拉尼奥的话,老学究心里非常害怕,他问特拉尼奥自己该怎么办。

特拉尼奥假装为难地想了想,然后对老学究说:"我也不能眼睁睁地看见您有危险,要不这样吧,您和家父长得很像,不如您就暂时假装我的父亲吧。您可以住在我的家里,我会好好款待你的。但是老先生,你一定要注意自己的言行,千万不能被别人看出破绽,等到您办好了自己的事情再离开。您觉得这个办法怎么样?"

老学究一时间也没能想出比这更好的办法,便同意了特拉尼奥的想法。特拉尼奥见他同意了,便告诉老学究自己正在和帕度亚的富翁巴普提斯塔商定婚约,可巴普提斯塔却要特拉尼奥的父亲亲自来下聘礼。特拉尼奥希望老学究可以帮自己这个忙,老学究见特拉尼奥这么的帮助自己,便答应了他的请求。特拉尼奥很高兴地带着老学究一起去巴普提斯塔家商定聘礼的问题。

当特拉尼奥带着老学究来到巴普提斯塔家后,受到了巴普提斯塔的热情款待。彼此寒暄了一阵后,特拉尼奥便说明了来意,他告诉巴普提斯塔,自己和比恩卡彼此相爱,希望在自己父亲的面前得到他的同意。

巴普提斯塔见冒牌的路森修为了娶自己的女儿,把父亲都请来了,他觉得特拉尼奥是真心喜欢比恩卡,便答应特拉尼奥把女儿嫁给他。巴普提斯塔有件为难的事不知道该怎么处理,便对特拉尼奥说:"我看我们最好找个地方谈谈双方的条件吧。家里仆人比较多,我怕走漏风声被那位不死心的葛莱米奥知道,再来打扰我们就不好了。"听了巴普提斯塔的话,特拉尼奥马上提议到自己家里去商议,并让他把比恩卡一同带来。

一切谈妥之后,特拉尼奥便带着老学究要离开巴普提斯塔家。当他们走到花园的时候遇到了路森修,特拉尼奥便问主人路森修和比恩卡小姐关系怎么样了,路森修告诉特拉尼奥,比恩卡已经爱上了自己,并不在乎自己是个穷苦的家庭教师。特拉尼奥听后非常高兴，他让路森修晚上带着比恩卡，和巴普提斯塔一起回自己家里吃饭。路森修不明白特拉尼奥为什么这么做，特拉尼奥告诉他，当他带着老学究和巴普提斯塔谈条件的时候，路森修就可以带着比恩卡去教堂结婚。

忠心的仆人特拉尼奥觉得只有这样，主人路森修才不会为了娶到比恩卡而整天发愁、伤脑筋了。路森修觉得他说的很有道理，便答应他晚上会带着比恩卡一同回家的。到了晚上，巴普提斯塔带着比恩卡和路森修一同来到了特拉尼奥的家里，比恩卡和路森修趁他们商定结婚条件的时候，偷偷跑去了教堂举行了婚礼。路森修还告诉比恩卡，自己才是真正的路森修，为了向她求爱，才假装成一名家庭教师的。

比恩卡听了虽然很惊讶，但听路森修说这么做都是为了追求自己，便很快原谅了他的欺骗。两个人在牧师的见证下结为了夫妻，便高高兴兴地往路森修家里走去。就在他们回到路森修家里之前，彼得鲁乔带着凯瑟丽娜、霍坦西奥还有半路遇到的路森修的父亲，一同来到了路森修家。

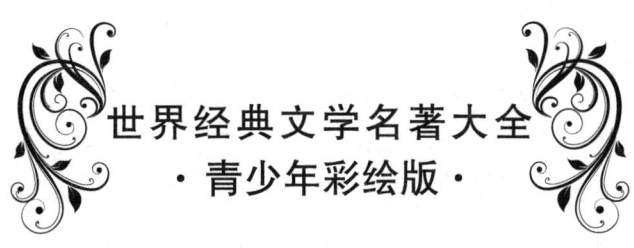

六

原谅路森修

彼得鲁乔告诉老者,这就是路森修住的地方,让他进去找自己的儿子。老者听后便上前去敲门,巧的是,出来开门的正是冒牌的路森修的父亲。老学究一听来者自称是路森修的父亲,觉得他简直在说笑话,他告诉老者自己才是路森修的父亲,他还让人把老者抓起来送到警察那里。路森修的父亲非常生气,他没有想到竟然有人在这里冒充自己,便在门口和老学究大声争吵起来,惊动了正在里面谈话的巴普提斯塔和特拉尼奥。当特拉尼奥一见是自家的老爷找上门来,他也吓了一跳。不过他马上镇定下来,他觉得在主人路森修没赶回来之前,这场骗局还得继续演下去。想到这里,他马上告诉老者自己就是路森修,而老学究才是自己的父亲,他还说老者是个疯子,在这里乱认儿子,要把他抓起来送到警察那里去。

老者一看自己家的仆人特拉尼奥在冒充自己的儿子,便以为是特拉尼奥害死了自己的儿子,他大声地责骂特拉尼奥:"你这个家伙,居然穿着绸缎的衫子、大红的袍子,你一定是害死了我的儿子才假扮他的。"

面对老者的指责,特拉尼奥平静地说:"瞧你这身打扮,倒像个讲道理的老先生,可为什么满嘴的疯话呢。我穿戴些什么,和你有什么关系?我应该感谢上帝给了我一位好父亲,才让我有机会穿金戴银。"听了特拉尼奥这番话,老者更是气得说不出话来。巴普提斯塔不知道发生了什么事,他问特拉尼奥到底是怎么回事,特拉尼奥告诉他那老者是个疯子,不要理他。巴普提斯塔便叫人把老者抓起来送到警察局去。

就在大家在路森修家门前乱作一团时,路森修带着比恩卡走了过来,路森修一见自己的父亲来了,连忙跪倒在老者面前,请求父亲原谅自己。特拉尼奥见主人路森修回来了,他怕老者一会儿找自己算账,便趁乱带着老学究溜走了。

在路森修跪下请求父亲原谅的同时,比恩卡也跪在了巴普提斯塔面前,并请求他的原谅。巴普提斯塔被这接二连三发生的事情搞糊涂了,他问比恩卡为什么要请求自己的原谅。比恩卡还没有开口,路森修就接过来说:"对不起老先生,我才是真正的路森修,就在刚刚我已经和您的女儿在教堂结婚了。"巴普提斯塔不可思议地看着路森修,他想不通明明他是自己家的教师,怎么突然间成了路森修,还跟自己的女儿结了婚,他问路森修到底是怎么回事。

路森修带着歉意对巴普提斯塔说:"这是爱情创造的奇迹啊,我在偶然间见到了比恩卡,并且深深地爱上了她。为了向她求爱,我就和我的仆人特拉尼奥

互换了地位,让他在城里顶替我的名字,而我则是假扮成一名家庭教师去您家向比恩卡求爱。为了让一切顺利,我才让特拉尼奥去找个人来假扮我的父亲。现在我已经达成了我的心愿,我请您原谅我之前对您的欺骗。"

说到这里,路森修又转头看向自己的父亲,对他说:"亲爱的爸爸,特拉尼奥所做的一切都是我强迫的,请您看在我的面子上原谅他吧。"老者听了儿子的话,虽然还是很记恨特拉尼奥要把自己抓到警察局的事,但是看到儿子如此诚恳地请求自己,也就勉强答应原谅特拉尼奥了。

此时的巴普提斯塔终于明白了事情的始末。开始他对路森修私自与比恩卡结婚这件事是非常气愤的,可后来他明白了路森修之所以会这么做,也是因为爱自己的女儿,便原谅了他所做的一切。路森修见巴普提斯塔原谅了自己,心里非常高兴,他把众人都请到了房间里,吩咐仆人们去准备酒席,他要好好款待今天在场的所有人。特拉尼奥也在这时回来了。霍坦西奥则是让众人先进去,自己回家去把刚娶回家没多久的寡妇一起接到巴普提斯塔家。

在酒席上,路森修以主人的身份感慨地对大家说:"经历了这么多,大家的意见终于一致了。现在我们要做的事就是,让我们举起酒杯喝个痛快。亲爱的比恩卡,请你向我的父亲表示欢迎;当然,我也会用同样诚恳的心情,来欢迎你的父亲。彼得鲁乔老兄,凯瑟丽娜大姐,还有我的好兄弟霍坦西奥和你的夫人,大家在这里就都不要客气。就把这一顿当做我结婚的喜宴吧,让我们尽情畅饮吧。"说完众人举起酒杯开心地聊了起来。

彼得鲁乔见好友霍坦西奥带来了新婚妻子,便忍不住开起了她的玩笑,他对霍坦西奥的妻子说:"我敢打赌,霍坦西奥一定很怕你。"

霍坦西奥的妻子听出了彼得鲁乔的调笑,聪明的她笑了笑,说:"真是可笑啊,头晕的人却以为是世界在转。"凯瑟丽娜听后不太明白,便问她这句话是什么意思。霍坦西奥的妻子神秘地对她笑笑,接着说:"都说彼得鲁乔娶了一位悍妇,将心比心,我想你的丈夫也一样很怕你吧,我这样说你应该懂我的意思了吧?"

凯瑟丽娜这才听明白她是在取笑自己,她连羞带怒说霍坦西奥的妻子真坏,还说自己比她强很多。众人听后都忍不住笑了起来,凯瑟丽娜觉得有些不好意思,便借口头晕回房间了,霍坦西奥的妻子还有比恩卡也觉得在酒桌上没什么意思,便各自回房间了。

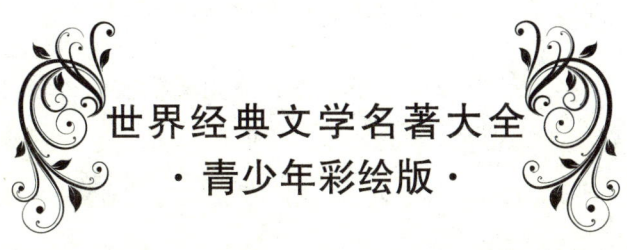

七

温柔贤惠的彼得鲁乔太太

女人们走后,霍坦西奥和路森修便开始挖苦彼得鲁乔起来,说他娶了帕度亚最凶悍的女人,一定受了她不少的气。彼得鲁乔却神秘地笑了,他说要和路森修两人打个赌,一会儿各自差人去叫自己的妻子出来,谁的妻子最听话,出来得最快,谁就是赢家。霍坦西奥和路森修都觉得这是一个不错的赌局,便答应赌这一把,赌注是二十克朗。可彼得鲁乔觉得赌注太少了,应该是二十克朗的二十倍,最后大家把赌注定在了一百克朗。

路森修说他先叫自己的妻子,他吩咐仆人,让他去叫比恩卡,就说自己想见她。路森修觉得比恩卡一定会很听话地出来见自己,可过了一会儿,去叫比恩卡的仆人自己回来了,他对路森修说:"呃,太太说了,她现在有事,不能来。"

巴普提斯塔听后连忙为自己的女婿找面子,对众人说:"这么说也算很有礼貌了,希望你们二位的夫人不要给你们一个更不客气的答复。"霍坦西奥第二个让仆人去叫自己的太太,他告诉仆人,就说他请太太立刻过来。

彼得鲁乔一听霍坦西奥居然说请自己的太太,不禁嘲笑起他来:"哈哈,你都说请她出来了,那她一定会出来的。"霍坦西奥却告诉彼得鲁乔,也许他请都请不来凯瑟丽娜呢。过了一会儿,派去请霍坦西奥妻子的仆人,也独自回来了。他对霍坦西奥说:"太太说了,您是在和她开玩笑吧,她说不愿意出来,她还说如果您想见她,就自己进房间找她。"

听了仆人的话,彼得鲁乔再也忍不住,便坐在那里哈哈大笑起来,他一边笑还一边说:"这更糟糕了,这更糟糕了,哈哈,她不愿出来。"过了好一会儿,他才停止了嘲笑,对仆人说:"你去到太太那儿,告诉她我命令她出来见我。"霍坦西奥和路森修都说凯瑟丽娜是不会出来见他的,彼得鲁乔却说如果她真的不出来,就算是自己晦气了。

他们正在说着的时候,就见凯瑟丽娜急匆匆地走了进来,在场的人都没有想到凯瑟丽娜真的会出来,全都惊得说不出话来。

凯瑟丽娜来到彼得鲁乔的身边问:"夫君,你叫我出来有什么事呢?"彼得鲁乔得意地看着众人,然后让凯瑟丽娜去把比恩卡和霍坦西奥的妻子叫出来,他还说如果她们不肯出来就把她们打出来。凯瑟丽娜听后连忙去房间里叫比恩卡她们。霍坦西奥和路森修都不再嘲笑彼得鲁乔了,他们都很佩服彼得鲁乔把妻子调教得这么好,甚至都有点羡慕起他来。

巴普提斯塔见女儿凯瑟丽娜不再是曾经的那个悍妇,激动得老泪纵横。他知道女儿的改变一定和彼得鲁乔有关,他十分感激彼得鲁乔,用拉住彼得鲁乔的手擦干脸上的泪水,一时间竟激动得说不出话来。

过了好一会儿,他才缓缓地开口:"恭喜恭喜,彼得鲁乔贤婿,恭喜你赢得了这场赌局。在他们输给你那一百克朗之外,我再额外给你两万克朗,就算是我另外一个女儿的陪嫁,真没有想到,凯瑟丽娜就好像变成了另外一个人。"霍坦西奥和路森修也输得心服口服,心甘情愿地把输的钱给了彼得鲁乔。

就在他们聊天的时候,凯瑟丽娜带着比恩卡和霍坦西奥的妻子走了进来。彼得鲁乔得意地对霍坦西奥和路森修说:"为了证明这场赌局我不是侥幸赢的,我还要在这里向你们证明她是多么的听话,你看,她已经听我的话把你们的妻子带来了。"

彼得鲁乔为了证明凯瑟丽娜很听自己的话,他对凯瑟丽娜说她的帽子很难看,让她摘下来扔在地上。凯瑟丽娜什么都没有说,乖乖地就把帽子摘了下来扔在了地上。看到凯瑟丽娜如此听彼得鲁乔的话,比恩卡不屑地说这算什么愚蠢的妇道啊,霍坦西奥的妻子也嘲笑凯瑟丽娜,说自己决不会有她那样的做法。

路森修听了比恩卡的话很不高兴,他严肃地对比恩卡说:"亲爱的,我真希望你的妇道也能和你姐姐一样愚蠢。为了你的聪明,我已经在一顿晚饭的工夫输掉了一百克朗。"霍坦西奥也十分羡慕彼得鲁乔,他也希望自己的妻子和凯瑟丽娜一样的听话。

面对比恩卡和霍坦西奥妻子的不屑,彼得鲁乔温柔地让凯瑟丽娜去教教那两个女人,作为妻子应该向自己的丈夫尽哪些本分的事。凯瑟丽娜看着比恩卡和霍坦西奥的妻子,对她们说:"不要皱着你们的眉毛,把那轻视的目光收起来吧。不要让这些伤害了你们的丈夫,它会使你们的美貌褪色,就像冬天的寒霜会伤害草原一样;它会使你们的名誉受损,就像狂风会伤害幼小的蓓蕾一样。

那种做法是没有任何可取之处的,也不会引起别人的任何好感。一个只会使性子的女人,是不会讨丈夫欢心的。"

说到这儿,凯瑟丽娜见比恩卡两人还是没有丝毫要改变的意思,只能继续说道:"有了丈夫的日夜操劳,才有你们安逸舒适的生活。你们要知道丈夫就是你的一切,他们照顾着你,把最好的一切都给了你,他们无怨无悔地做这些,只是希望你们能真心地服从他们,把你的温柔与爱奉献给他们而已。妻子对待丈夫,应该像臣子对待君王一样忠心恭顺。假如妻子倔强,不愿意服从自己的丈夫,岂不是大逆不道,忘恩负义吗?你们好好想想吧,他们为了你们做了那么多事,却只是想要这一点点的回报,你们都不愿意满足他们,你们不觉得很过分吗?

你们听我一句吧,从前的我也和你们一样高傲,从不向别人低头,甚至比你们还要凶悍。可我现在明白了,我们的力量是软弱的,我们所有的一切都只是一个空虚的外表。所以我劝你们还是放下你们的傲气,去向你们的丈夫请求怜爱吧。为了表示我的顺从,无论彼得鲁乔要求我做什么,我都会毫无怨言地去做,这样他的内心是很高兴的。"

凯瑟丽娜的这番话深深打动了彼得鲁乔,也让其他男人感到佩服。彼得鲁乔抱起凯瑟丽娜深吻起来。他对路森修和霍坦西奥说:"我们三个人都结婚了,可却只有我娶到了一位好妻子。现在我要带着这份喜悦和你们说晚安喽。"说完彼得鲁乔便带着凯瑟丽娜走了出去,在场的男人都赞扬他爱妻有道,路森修和霍坦西奥还在暗地里商量,有机会要向彼得鲁乔学习如何管教自己的妻子。

从此以后,帕度亚再也没有了凶悍泼辣的凯瑟丽娜,有的只是温柔贤惠的彼得鲁乔太太。

一报还一报

一

克劳狄奥被判绞刑

公爵文森修一向对城中的人民执行宽松的政策,就算是犯了再大错误的人,他也不会判得很重,这使得维也纳的法律几乎成了白纸一张。文森修意识到了这一点,他觉得再这样下去是不行的,便想出来一个办法——找一个严格执法的人暂代自己的职位几日,而自己则乔装打扮去城内体察民情,顺便了解人们对新的代理公爵的看法。

公爵找来老臣爱斯卡勒斯,对他说自己要去邻国处理一些事情,在他离开的这段时间需要一位代理的公爵,希望他能推荐一个能严格执法的人来代替自己几天。老臣爱斯卡勒斯想了想,说有一个人也许能胜任,就是年轻的伯爵安哲鲁。公爵也听说过安哲鲁这个人，知道他一向公私分明刚正不阿，他觉得安哲鲁是一个不错的人选。便叫人把安哲鲁找来，向他说明了这件事，并希望这段期间他能好好地管理维也纳城。

交待完一切后，公爵文森修便离开了自己的宫殿来到了城内，他乔装成一位教堂的教士，为了不让别人认出来，他还戴上一个大大的头巾来掩饰自己的身份。

事赶凑巧，在安哲鲁执政的第二天，城内便出现了一件比较轰动的案子。年轻的绅士克劳狄奥和城里的姑娘朱丽叶相爱，但在两个人没结婚之前，朱丽叶便怀孕了，这在维也纳城里是不被允许的，而且克劳狄奥还要受到惩罚。安哲鲁让人把克劳狄奥抓了起来，并贴出告示说三日后判处他绞刑。

对于安哲鲁的这个决定，全城的人都在议论纷纷，大家都觉得克劳狄奥和朱丽叶是真心相爱，结婚是早晚的事，没有必要判得这么重。大家都在议论是安哲鲁太过严守法律，还是刚上任便摆起了官架子。连老臣爱斯卡勒斯也觉得他有点小题大做了。

面对全城人的质疑，安哲鲁依然不为所动，坚持自己的判决。为了让全城人们引以为戒，不再犯和克劳狄奥同样的错误，他还让士兵带着克劳狄奥在城内游街。

克劳狄奥在被抓起来之后十分的懊恼，他觉得自己并没有干丧尽天良的坏事，不应该被判处绞刑。这一天，他被士兵带到街上游街示众，碰巧在人群中看到了自己的好朋友路西奥。路西奥觉得很疑惑，在他看来，克劳狄奥一直是一个奉公守法的好绅士，怎么会被游街示众呢？为了了解事实，他上前问克劳狄奥发生了什么事。

克劳狄奥一看到是自己的好朋友，便马上把他拉到一边对他说："事情是这样的，我和朱丽叶相爱你是知道的，原本我们是打算结婚的，可是在结婚之前我却让她怀孕了。这件事被代理的公爵安哲鲁知道了，他便把我抓了起来，不知道他是刚上任想给全城人一个下马威还是有别的原因，居然要在三天后判处我死刑。我的朋友，现在我一线的生机就寄托在你身上了。"

路西奥很同情好友的遭遇，便问克劳狄奥自己能帮上什么忙。克劳狄奥让路西奥去修道院找自己的姐姐伊莎贝拉，并告诉她自己被抓的事情，让姐姐想办法来救自己。

克劳狄奥之所以会找姐姐来救自己，是因为伊莎贝拉是个聪明貌美的女子，他相信凭借姐姐的聪明才智，一定会让狠心无情的安哲鲁放弃对他的惩罚。路西奥答应了克劳迪奥的请求，便动身去修道院找伊莎贝拉。伊莎贝拉是一位虔诚的教徒，她原本想要成为一名修女的，可她没想到的是，弟弟的入狱将会打乱她的计划。

路西奥来到修道院找到了伊莎贝拉，把她弟弟入狱并将在三日后被处死的事情告诉了她，希望她能够去救克劳狄奥。听到弟弟入狱的消息，伊莎贝拉非常的震惊，她没有想到弟弟会做出让朱丽叶怀孕的事情，她更没有想到安哲鲁会判克劳狄奥死刑。

伊莎贝拉慌乱起来，不知道自己怎么做才能把弟弟救出来。路西奥给她出了个主意："勇敢些姑娘，我想到一个办法，你去安哲鲁那里恳求他，恳求他饶恕克劳狄奥。你要知道像你这样貌美的姑娘去求高高在上的安哲鲁，他一定会被感动，他会像天神一样的慷慨，答应你的请求。如果这样他都不为所动的话，我相信凭借你的聪明才智，也一定能打动安哲鲁，克劳狄奥依然可以获救。"听完路西奥的话,伊莎贝拉觉得很有道理,便同意了他的想法。她先去和修道院的院长告了假,说她有事要离开几天,然后便动身去找安哲鲁。

在伊莎贝拉没到之前,老臣爱斯卡勒斯正在宫殿里为克劳狄奥向安哲鲁求情呢。他对安哲鲁说:"亲爱的代理殿下,我觉得你这次的判决太过严格。我们虽然是执法者,但不能胡乱伤害别人的性命。虽然克劳狄奥犯了错,应该受到惩罚,但稍微惩戒他就好了,又何必非得置他于死地呢?宽恕那个年轻人吧,假如有一天你也犯了和他一样的错误,难道也要让公爵判处你死刑吗?"

面对爱斯卡勒斯的劝告,安哲鲁不为所动,他义正词严地对他说:"不要再为克劳狄奥求情了,他一定要受到惩罚。假如真的有那么一天,我重蹈了他的覆辙,那么我会毫不犹豫地处死自己。"

他还对爱斯卡勒斯说,明天上午九时便会处死克劳狄奥。说完他便称自己身体不适,让爱斯卡勒斯回去。爱斯卡勒斯看到安哲鲁依然坚持自己的判决,也不再多说什么,他无奈地摇了摇头,走出了宫殿。

世界经典文学名著大全
·青少年彩绘版·

二

虚伪无耻的安哲鲁

爱斯卡勒斯刚离开不久,伊莎贝拉便来到了宫殿,在侍卫的带领下她见到了安哲鲁。安哲鲁并不认识这位貌美的姑娘,便问她来到这里是为了什么事。伊莎贝拉看着安哲鲁,悲伤地说道:"殿下,我是一个不幸的人,今天来到这里是希望您能宽恕我的弟弟,对他网开一面,不要判处他死刑。"安哲鲁觉得很疑惑,便问伊莎贝拉她的弟弟是谁,犯了什么罪要受到死刑。

伊莎贝拉对安哲鲁说:"殿下,我是克劳狄奥的姐姐,他因为不小心使得自己的恋人朱丽叶怀了孕,您把他抓了起来还判处了死刑。现在我请求您饶恕我的弟弟吧,我知道您有一颗悲悯之心,一定会因为同情我这个可怜的人而放过克劳狄奥的。"

听了伊莎贝拉的话,安哲鲁明白了,他依然坚决地对伊莎贝拉说他是不会宽恕克劳狄奥的,因为他已经定了他的罪,没有任何的挽回余地。伊莎贝拉并没有因为安哲鲁的回答而放弃,她接着说:"仁慈的殿下,请您换个角度想想,假如今天是您因为此事被抓了起来,我相信克劳狄奥绝对不会像您对他一样的对您。"

面对苦苦哀求的伊莎贝拉,安哲鲁的内心还是很同情她的。但同情归同情,他依然要坚守法律,判处克劳狄奥死刑。他对伊莎贝拉说:"美丽的姑娘,你还是回去吧,你的弟弟一定要受到法律的惩戒,你说再多也是没有用的,明天他一定要被绞死。"

听到弟弟明天就要被处死,伊莎贝拉急坏了,她连忙走到安哲鲁身边,恳求道:"不,请你收回这个命令吧,明天是不是太快了,就算是人们在自己家里杀一只鸡,也是要按季节的。上帝创造了我们,难道我们就可以这么轻易地被杀掉吗?殿下,请您想一想,过去有多少人和他犯了同样的罪,可是他们中又有哪个人被绞死了?"

安哲鲁看着眼含泪光的伊莎贝拉,不禁为她的勇敢和貌美而怦然心动,他脸上的表情不再那么僵硬。为了不让伊莎贝拉发现,他连忙转过身去背对着她,用稍微温和的口气告诉她这件事他会再考虑考虑的,让她明天再过来一次。听到安哲鲁这么说,伊莎贝拉以为弟弟有救了,她感激地对安哲鲁说:"殿下请您转过身来,听我说说要怎么报答您的恩德。我要献给您的不是黄金,也不是宝石,而是对上天虔诚的祈祷。这是从淳朴少女的内心所发出的,是不沾染半点俗尘的。"

　　这一段话再一次让安哲鲁被伊莎贝拉美妙的话语所折服,他压制住内心对她的渴望,转过身来告诉伊莎贝拉不要再说下去了,让她明天一定要再来一次,什么时间都可以,然后便让侍卫把她带下去了。

　　伊莎贝拉走后,安哲鲁开始一个人沉思起来,他没有想到自己竟然爱上了犯人克劳狄奥的姐姐。他之所以让伊莎贝拉明天再来,并不是因为他想宽恕克劳狄奥,而是想再次看到伊莎贝拉的美貌,再次听到她那动人的声音。从前的安哲鲁如果看到有人为了女人而茶饭不思,他总是会上前讥笑一番,他没有想到自己也会有迷恋上一个女人的一天。

　　他非常的矛盾,一边是严格的法律,一边是内心萌生的爱意,他反反复复想了很久,终于想出一个卑鄙的计谋来。他决定利用伊莎贝拉要救她弟弟这件事,威胁她委身于自己,表面上他答应释放克劳狄奥,等到伊莎贝拉成为他的人之后,再下一道密令提前处死克劳狄奥。这样他既可以满足自己无耻的爱恋之心,也没有违反维也纳城的法律。想到这里,安哲鲁得意地笑了,他很期待着明天和伊莎贝拉的再次见面。

　　到了第二天,伊莎贝拉依照约定再次来到了安哲鲁所在的宫殿,当安哲鲁再次见到她的时候,内心的血液仿佛一下子涌上心头,浑身失去了力气,就好像一群人围着一个晕倒的人,本想救他,却因为阻塞了空气而使他醒不过来。

　　他克制着把伊莎贝拉拥在怀里的冲动,对她说:"美丽的姑娘,你果然如约来了,不过我还是很遗憾地要告诉你,你的弟弟依然要受到死刑。但看到你这么诚心地为克劳狄奥求情,我给你一次机会,假如你愿意委身于我,我便答应放了你的弟弟,你觉得这个条件你能接受吗?"

　　伊莎贝拉被安哲鲁这番话吓到了,她没有想到这位至高无上的法律的代表安哲鲁，竟然会如此的虚伪无耻。她非常的生气，大声对安哲鲁说："我没有想到你会向我提出这样无耻的要求，我宁愿让克劳狄奥在片刻的惨痛中死去，也不会为了拯救他，而玷污了我的灵魂和肉体。亏得你还口口声声说自己是个公正严明的人。"

安哲鲁没有想到伊莎贝拉宁愿不要弟弟的性命，也不愿意委身于他，他非常的愤怒，告诉伊莎贝拉她的弟弟永远都没有可能被宽恕了，而且他还大声地批评伊莎贝拉，说她的决定和无情的法律一样的残酷。伊莎贝拉不屑地对他说，卑劣的赎罪和大度的宽容是两码事，不能相提并论的。

一时间安哲鲁无话可说，他叹了口气，语气软了些对伊莎贝拉说自己爱她，只要她能接受他的爱，他马上放了克劳狄奥，他愿意用名誉发誓，来证明自己对她的爱是发自内心的。

伊莎贝拉越听越生气，忍不住开口骂这个无耻之徒："相信你的信誉？你有信誉可言吗？你的内心是如此的肮脏，好一个虚有其表的正人君子，你等着吧，我一定要向外公开你的恶劣。如果你还有一点良知的话，就赶快放了我的弟弟，否则我会向全城人民宣布你是一个怎样的伪君子。"

安哲鲁冷笑地说："你尽管去宣扬吧，我倒要看看城里的人们是相信你，还是相信严正的我。别人会把你说的话当做一种诽谤，你这是自取其辱。你还是乖乖地答应我的条件吧，用你自己来换取你弟弟的性命，不用这么快地拒绝我，明天再给我答复吧。"说完，安哲鲁便让侍卫把伊莎贝拉带了下去。

离开宫殿之后，伊莎贝拉既气愤又难过，自己满腹的委屈不知道该向谁述说。

三

文森修的计划

伊莎贝拉想去看看克劳狄奥,想把今天遭遇的委屈说给自己的弟弟,她相信克劳狄奥也一定宁愿自己去死也不会让姐姐毁了清白的。想到这里,她便起身前往监狱去看望克劳狄奥。在她还没有到监狱之前,乔装成教士的文森修公爵就已经来到监狱开导克劳狄奥和朱丽叶,希望他们能认识自己的错误,改过自新。

原来,在他假扮教士的第二天,便了解了克劳狄奥这件案子,他没有想到安哲鲁会这么的无情,竟然要判处克劳狄奥死刑,他想帮助克劳狄奥却不知道该从何做起。碰巧伊莎贝拉来到监狱看望自己的弟弟，他便躲在一旁偷听兄妹的谈话，看看有没有可行的办法。

克劳狄奥看到是姐姐来看他，连忙走上前拉住伊莎贝拉的手，问她安哲鲁是不是愿意宽恕他了。伊莎贝拉摇了摇头，对弟弟说："亲爱的弟弟，我已经尽力，可那冷酷的安哲鲁还是要判处你死刑。他向我提出了一个无耻的要求，他说如果我愿意委身于他的话，他便答应放了你。我毫不犹豫地拒绝了他，我相信克劳狄奥你也不会希望姐姐的清白，毁在这个无耻的人身上吧？"

听了姐姐的话，怕死的克劳狄奥连忙劝姐姐答应安哲鲁的要求，这样他就不用被判处绞刑了。听了弟弟的话，伊莎贝拉简直不敢相信自己的耳朵，她没有想到自己唯一的弟弟为了活命居然不顾姐姐的清白。

伊莎贝拉既伤心又气愤，指着克劳狄奥的鼻子骂道："你这个畜生，你还是我的弟弟吗？居然想靠牺牲姐姐的清白来活命，你不觉得很无耻吗？你这样的懦弱一点都不像我们的父亲，你太让我失望了。从此以后你我恩断义绝，即使我能救你出来，我都不会再去救你，你等待着明天的处决吧。"说完伊莎贝拉气呼呼地就要往外走，却被进来的文森修给拦了下来。

文森修对伊莎贝拉说："美丽的小姐，你和克劳狄奥的谈话我都听见了，我是一名教士，刚刚劝告了你的弟弟和朱丽叶小姐，使他们认识到了自己的错误，决心改过自新。我觉得你口中的代理公爵安哲鲁并非是想霸占你，而是想试探你的品性，看看他对人性的评断有没有错。你毫不犹豫地拒绝了他，这正是他所欣慰的。我在教堂的时候听过他的忏悔，知道这是事实。"

说完这番话，公爵又转向克劳狄奥，对他说不要抱着错误的希望以此来动摇他必死的心，并让他因为自己的自私向自己的姐姐道歉。克劳狄奥非常的羞

愧和后悔,连忙向伊莎贝拉道歉,请求姐姐原谅自己的懦弱。伊莎贝拉也知道弟弟是一时情急才做出这样愚蠢的决定,便原谅了他。然后和公爵文森修一同走出了监狱。

看着伊莎贝拉这么轻易便原谅了自己的弟弟,公爵被伊莎贝拉的美德所折服,他赞扬她不仅有美丽的容貌还有纯洁的美德。面对文森修的赞美,伊莎贝拉并没有觉得很高兴,反而叹了口气,对文森修说:"唉,我们善良的公爵还不知道安哲鲁的本来面目呢,我一定要当着公爵面,揭穿安哲鲁无耻的嘴脸。"

文森修一边安抚着伊莎贝拉,一边为她出了个主意,这主意既可以救出克劳狄奥,也不会毁掉伊莎贝拉的清白。文森修告诉伊莎贝拉,有一位玛丽安娜小姐,原本她和安哲鲁已经定了婚约,可就在订婚以后,玛丽安娜的哥哥在海中遇难,她的一船嫁妆也都沉到了海底。安哲鲁见得不到嫁妆,不但没有去安慰伤心的玛丽安娜,反而撕毁了他们的婚约。每当遇到城中的人时,还对他们说玛丽安娜的品行不好。善良的玛丽安娜是个痴情的女子,终日以泪洗面。纵使安哲鲁这么对待自己,她依然深爱于他。

听到这里,伊莎贝拉为玛丽安娜爱上一个寡情薄义之人感到不值,她不满地对文森修说:"我真替这位可怜的姑娘感到不值,让这个无耻的安哲鲁活在人世,简直是太没有天理了。教士,你觉得我们应该怎么帮助这位可怜的小姐呢?"

文森修想到一个绝妙的计策,他让伊莎贝拉去见安哲鲁,假意答应安哲鲁的要求,但是要向他提出一个条件,两个人约会的时间必须是半夜凌晨而且不能太长。如果安哲鲁答应了这个条件,文森修就会去找玛丽安娜让她代替伊莎贝拉去和安哲鲁约会。等到以后这件事暴露出来,安哲鲁就不得不向玛丽安娜

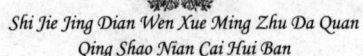

世界经典文学名著大全
·青少年彩绘版·

提供补偿。这样的话,不但克劳狄奥能得到释放,伊莎贝拉也不会毁掉自己的清誉,玛丽安娜又能重获爱人,就连安哲鲁也会受到应有的教训。

伊莎贝拉觉得这个计策非常的完美,她赶紧告别了文森修去找安哲鲁,而公爵则去找玛丽安娜依照计划来进行。文森修找到了玛丽安娜,他把自己的计划告诉了她,玛丽安娜听后,觉得这个计策不错,既能使自己的爱人回到身边,又能拯救别人,便毫不犹豫地答应了。

文森修见玛丽安娜答应了这个计划,便带着她去找伊莎贝拉,看看她那边的进展。伊莎贝拉见到他们后兴奋地说:"那个愚蠢的安哲鲁在听到我同意委身于他后,便答应了我的请求,还和我约好今晚夜深时分,在他家的花园里相会,我还告诉他不能待得太久。"说完她拿出一串钥匙交给玛丽安娜,告诉她这是通往安哲鲁花园的钥匙,今晚夜深让她假扮成伊莎贝拉去和安哲鲁约会。

玛丽安娜欣然地接过了钥匙,并请他们放心,她一定会小心处理这件事,不让安哲鲁看出一点点的破绽。

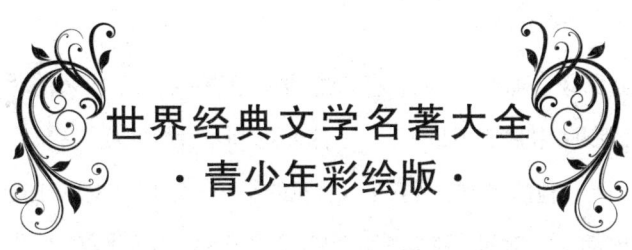

四

公爵明天回来

　　文森修觉得自己该去监狱看看克劳狄奥了。当他来到监狱的时候,碰巧遇见了看管克劳狄奥的一个狱卒。他想知道在伊莎贝拉答应安哲鲁的请求后,安哲鲁是不是已经下令释放克劳狄奥了。他便试探地问狱卒:"关于克劳狄奥,是不是有什么好消息呢?"没有想到狱卒告诉文森修:"安哲鲁下了一道命令,明天将要提前两个小时处决克劳狄奥。"

　　文森修非常的愤怒,他没有想到安哲鲁竟然是这样一个卑鄙无耻、不守信用的小人。他觉得无论如何也不能让安哲鲁处死克劳狄奥。他从狱卒口中得知监狱中有一个犯人犯了重罪,每天就只会喝酒什么都不管不顾,他想让这个人来代替克劳狄奥接受绞刑。

文森修见这个狱卒十分的耿直忠诚，便对他说："我看的出来，你是个诚实可靠的人，我现在壮着胆子和你商量一件事，你所看管的犯人克劳狄奥，他所犯的罪并不比判决他的代理公爵安哲鲁所犯的罪重。为了证明我说的这一切都是真的，请给我几天时间让我去查明真相。现在我请求你帮我做一件危险的事，就是暂缓对克劳狄奥的死刑。"

听了文森修的提议，狱卒连忙摇头称自己不能这么做，如果被安哲鲁发现的话，自己也是会被处死的。文森修却安慰他说只要他把那个酒鬼处死了，然后把他的头送到安哲鲁那里去，告诉他这就是克劳狄奥的人头就行了。

狱卒觉得这个想法太冒险了，坚决不答应文森修的请求。公爵见他不答应，便拿出自己的亲笔信函交给了那个狱卒，并对他说公爵这几天就回来了，他也很关心这件案子，所以这段期间是不能处死克劳狄奥的。狱卒确定了这是公爵的亲笔信函之后，便答应了文森修的请求，带上两个人去找那个酒鬼，想把他处决掉。

可谁知那个酒鬼又喝多了，死活都不肯离开他所在的牢房，狱卒没办法，便对文森修说前几天监狱里死了一个海盗，他的年纪和头发的颜色都和克劳狄奥很相似，要不就让那个海盗来代替克劳狄奥吧。文森修觉得这再好不过了，便答应了他。

公爵觉得这个时候应该把克劳狄奥藏起来，不能让任何人发现他还活着。他正准备把克劳狄奥转移走，伊莎贝拉却在这时来到了监狱，她是来打听弟弟的特赦状有没有下来的。文森修觉得这个时候还是不要让她知道自己的弟弟还活着的好，等到事情都结束之后，再给伊莎贝拉一个意外的惊喜。

想到这里，文森修便对伊莎贝拉说安哲鲁不守信用，已经处死了克劳狄奥。

伊莎贝拉听后伤心万分,她没有想到自己的弟弟就这样离开了她,她慨叹自己的不幸,大骂狠心的安哲鲁,沙哑地哭泣着。文森修见伊莎贝拉如此的伤心,便上前安慰她,为她又出了一个主意。

他对伊莎贝拉说:"你千万不要再这样伤心下去了,这样对你自己没有什么好处。现在请擦干泪水,静下心来听我来安排。我有一个伙伴,是公爵身边的侍从,他告诉我,我们善良的公爵明天就要回来了。到时候安哲鲁和老臣爱斯卡勒斯都会去城外迎接的,在那里安哲鲁会归还公爵所有的权力。如果你能遵守我一会儿指给你的这条明路,我保证你能成功地报复安哲鲁,以解你的心头之恨,还能从此受到公爵的宠爱,享受前所未有的尊荣。"

听了文森修的话,伊莎贝拉擦干了眼泪,问他是什么明路,文森修从口袋里拿出一封信函交给了伊莎贝拉,让她拿着这封信去找他所在教堂的彼得神父,并让伊莎贝拉告诉彼得今晚去玛丽安娜家见面,到时候他会把伊莎贝拉和玛丽安娜的事情详细地告诉彼得神父,彼得就会带着她们去见公爵,当着公爵的面,她们便可以放心大胆地指责安哲鲁的罪行。

伊莎贝拉觉得这是一个好办法,便带着文森修给她的信和他一起走出了监狱,碰巧遇见了克劳狄奥的好朋友路西奥。

路西奥也知道了克劳狄奥被处死的事情,他看到伊莎贝拉哭红了双眼,便上前安慰道:"不要再伤心难过了,你要放宽心接受这个事实啊。唉,在知道克劳狄奥被处死的消息后,我根本就吃不下任何的东西,他是我最好的朋友,对于他的死,我真的十分的心痛。听说我们的公爵明天就要回来了,哼,如果不是因为他把权力交给了安哲鲁,克劳狄奥也就不会丢掉性命了。"说完这些话,路西奥还愤恨地朝公爵所住的宫殿方向狠狠地瞪了一眼。

公爵文森修听见路西奥这样批评自己,不免有些生气,他对路西奥说公爵并不像他所想象的那样恶劣。可路西奥却不屑地告诉他,他对公爵十分的了解,他只会比他描述中的更差劲而已。文森修听后也懒得和他解释,只是丢下一句令路西奥疑惑的话便离开了,他对路西奥说:"相信我年轻人,总有一天你会为你今天所说的话付出代价的。"

再说那无耻的安哲鲁,他在得到了伊莎贝拉之后,整个人便得意起来。他觉得自己的计谋简直是太完美,既处死了犯了罪的克劳狄奥,也得到了自己想要的女人,一个人在宫殿里经常不自觉地傻笑起来。正在他暗自得意的时候,老臣爱斯卡勒斯走了进来,告诉他公爵明天将会回来,还要他和安哲鲁去城门外迎接他,并且在那里把权力交还给公爵。

爱斯卡勒斯还不解地对安哲鲁说:"我们的公爵做事总是这么的疯癫,居然宣布在他进城的一个小时前,所有觉得自己有冤的人,都可以来拦道告状,不知道他这么做的用意是什么。唉,作为下属的我们只能照办啊。"说完他便离开了宫殿,去向城内的人宣告这一消息去了。

安哲鲁在听到这个消息后,不免心中慌乱起来,他十分害怕伊莎贝拉会去向公爵状告他毁了她清誉的罪行,想到这里,他的头上不禁冒出了冷汗。可是他马上又想到了另一些事,在维也纳城里他的地位和权威一直受到人们的信任,这种坚定的信任一定不会轻易被一个女子所动摇的。他觉得如果有人想状告他的话,公爵一定会相信有一定威望的他,而不会去相信一个女子所说的话,这样做,只不过会让她自取其辱罢了。

安哲鲁在认定是自己多想了之后,便安心地回去休息,等待着第二天的到来。

五

控告安哲鲁

到了第二天,公爵文森修摘掉了头上的围巾,换掉了教士服,穿上了原本的公爵服,早早就来到了城门外。他先是叮嘱彼得神父,一定要把伊莎贝拉和玛丽安娜安全地带到这里来,并告诉他记得让玛丽安娜带上面纱。然后又让他去把自己的欢迎乐队找来,准备在城门口奏乐迎接他。

彼得神父带着公爵给他的命令去找伊莎贝拉和玛丽安娜,而公爵则去城门外等待着安哲鲁和爱斯卡勒斯的到来。不一会儿,安哲鲁和爱斯卡勒斯便从城内快步走来迎接文森修公爵,安哲鲁先是把公爵的权力还给了他,然后才和公爵热情地说起话来。

公爵假装赞扬地对安哲鲁和爱斯卡勒斯说："我不在的这些日子真是辛苦两位了。我在邻国的时候经常听到人们说，你们治理维也纳城十分的公正严明。为了答谢你们这段时间的勤劳，在我还没有给你们任何实物的奖励之前，先向你们表示我最真挚的谢意。"

说完他又拉住安哲鲁的手说："干得不错小伙子，你的功绩是人们称颂最多的，对于你所处理的政事我是非常满意的，来让我们一起携手走进城内，去感受人们对我们热情的欢迎吧。"安哲鲁被公爵的一番赞美之词说得有些不好意思起来，连忙称自己并没有他说的那么好，紧跟在公爵的身旁以表现自己的勤劳。

彼得神父觉得时机成熟了，便先让伊莎贝拉带着路西奥去公爵那里控告安哲鲁。伊莎贝拉来到公爵的面前，连忙跪倒在地。由于公爵文森修乔装教士时带着头巾，现在他把它摘掉了，所以伊莎贝拉并没有认出他来。

伊莎贝拉哭泣地对公爵文森修说："殿下，听说你出宣告，所有有冤屈的人，今天都可以来这里向您禀告。现在我有冤在身，肯请您放下其他的公务，静下心来听听我的哀诉，您一定要为我主持公道啊。"公爵假装不知道怎么回事，告诉伊莎贝拉如果有什么冤屈可以向安哲鲁大人诉说，因为他一直都是一个公正严明的人。

伊莎贝拉听见公爵竟然让她向安哲鲁申诉，连忙抬起头对公爵说："殿下，您怎么能让我向一个魔鬼求救呢。我希望您能亲自听我诉说我的冤屈，因为我所要说的话，您可能会不相信，还会责罚我，求求您了殿下，就在这儿听我诉说吧。"

公爵刚要说话，却被心虚的安哲鲁打断，他对公爵说不要相信这个疯女人说的话。他还告诉公爵,伊莎贝拉是因为自己依法处罚了她的弟弟而怀恨在心,才来这里疯言疯语的。伊莎贝拉见安哲鲁扭曲事实,居然还敢说是依法处置,她非常的愤怒,指着安哲鲁的鼻子告诉公爵,他不仅仅是个杀人凶手,还是个伪君子,是个流氓。

公爵假装觉得伊莎贝拉很奇怪,便让她把事情的经过讲清楚。伊莎贝拉见公爵愿意听她陈述,便对他说:"尊贵的殿下,我很感激你愿意听我诉说,首先我要说明我不是疯子。我今天要状告安哲鲁,他表面上是个严肃且公正无私的人,但在他庄严的外表下却藏着一颗丑陋的心。相信我殿下,我绝不是在诽谤他,即使我说出再坏的字眼,用来形容他也是不过分的。"

说完伊莎贝拉恶狠狠地看着安哲鲁,仿佛要把他吃掉似的。安哲鲁左躲右闪地逃避伊莎贝拉的目光,毕竟是自己做了对不起人家的事,他十分的心虚。公爵把一切看在眼里,他不动声色,让伊莎贝拉继续说下去。

伊莎贝拉缓缓地说道:"我是克劳狄奥的姐姐,他因为不小心使得自己的恋人朱丽叶怀了孕,被安哲鲁判处了死刑。我原本是要在修道院做修女的,是我弟弟的朋友路西奥告诉了我这个消息,为了救克劳狄奥,我去恳求安哲鲁。无论他怎样的拒绝我,我都一直跪着请求他。最后他居然提出要我委身于他才愿意释放我的弟弟。为了我弟弟的性命,我只好答应了他,可谁知道,这个不守信用的小人,第二天居然提前处决了我的弟弟。这样的小人,殿下一定要严加处置啊。"说完,伊莎贝拉再一次跪在了公爵面前,希望他能为她和克劳狄奥主持公道。

公爵假装生气地大骂伊莎贝拉不可以在这里胡说八道,他告诉伊莎贝拉,安哲鲁为人正直,这是全城人都知道的,她不应该在这里故意破坏安哲鲁的名誉。公爵严厉地问伊莎贝拉是不是有人指使她这么做的,让她说出主谋。

伊莎贝拉心碎了,她没有想到一向正直善良的公爵居然是非不分地帮着安哲鲁。她绝望地从地上站起来告诉公爵,她不告安哲鲁,但她相信上帝早晚有一天会惩罚那个恶人的。路西奥在一旁看到公爵生气了,他非常的害怕,连忙告诉公爵有些计划是一个教士告诉他们的。

安哲鲁一听居然还有一个教士在背后为她们出谋划策,便没有让伊莎贝拉离开,而是让人把她抓起来先关到监狱里去,他觉得伊莎贝拉是一个弱不禁风的女人,不会有勇气和计谋做这些的,他认为在伊莎贝拉的背后一定有主谋。而这个主谋很有可能就是那个教士,他要把那个教士抓起来,审问他为什么要设计自己。

侍卫把伊莎贝拉带走后,公爵等人便继续往维也纳城里走去。正在这时,一个带着面纱的姑娘从人群中走了过来,跪在公爵面前说她要控诉安哲鲁。公爵假装很奇怪,为什么今天这么多人要告安哲鲁呢?他问那个姑娘要告安哲鲁什么罪,这位姑娘就是玛丽安娜小姐,她对公爵说安哲鲁以为那晚侵犯的是伊莎贝拉,实际上是自己。

安哲鲁大怒,他大骂玛丽安娜一派胡言,还说自己根本就不认识她。安哲鲁冷言冷语地要求玛丽安娜把面纱摘掉,他想看看到底是谁在冤枉自己。玛丽安娜缓缓地摘掉了面纱,露出自己的容貌,她眼角带泪地看着安哲鲁,并对他说:"看到了吧,安哲鲁大人,这就是你曾经发誓说值得深爱的脸,这就是在我们订婚的时候你握过的手,这就是在你的花园里代替伊莎贝拉的身体。"

公爵若有所思地问安哲鲁是不是认识这位姑娘,安哲鲁一看是玛丽安娜,不禁尴尬起来,他连忙对公爵说:"殿下,我确实认识她,五年前,我曾经和她有

过婚约,但是后来因为嫁妆数目不够没有结成夫妻,最主要的原因是她的名声不太好。这五年来我并没有看见过她,没有和她说过话,甚至都没有过关于她的消息,我不知道为什么她今天会突然来告我。"

玛丽安娜见安哲鲁还是这么的冷酷无情,内心的伤痛是无法用语言来表达的,她告诉公爵,几天前的一个晚上,在安哲鲁的花园里自己已经委身于安哲鲁了,她发誓说如果这一切是假的,那么她愿意永远跪在地上直到变成一座石像。安哲鲁听后沉思了一会儿,他觉得这件事狠蹊跷,先是伊莎贝拉前来控诉自己,之后又是多年不见的玛丽安娜,他认为这件事背后一定是路西奥口中的那个教士在搞鬼。

想到这里,安哲鲁向公爵请求希望自己能亲自审理这件案子,公爵文森修见一切都在按照他所计划的那样进行,便答应了安哲鲁的请求,并对他说:"我同意你的请求,这件案子和你有关,你可以按照你自己的方法来审理,惩罚那些重伤你名誉的狂徒。我让老臣爱斯卡勒斯留下来陪你审理案子,我要先回宫殿去了,那里还有一些政务等着我去处理。记得这件案子一定要办好。"说完他便带着一些侍卫离开了。

安哲鲁命人把伊莎贝拉和玛丽安娜押送到监狱去,然后他便派人去教堂把那个教士抓过来,老臣爱斯卡勒斯怕一会教士来了不承认自己的罪行,他便对路西奥说:"小伙子,一会儿那位狡猾的教士来后,你要把他曾经对你和伊莎贝拉说的话和他当面对质,我总觉得他应该是个非常刁钻的人。"路西奥一直都很看不惯那位教士,便答应了爱斯卡勒斯的要求,还说一会儿要告发他对公爵的不敬。

不一会儿,侍卫便把乔装成教士的文森修公爵带了过来,爱斯卡勒斯严厉地问文森修，是不是他让那两个女人去诽谤安哲鲁大人的，文森修公爵否定说不是自己做的，路西奥连忙指证说就是他策划的。文森修笑着看了一眼路西奥，然后转头对爱斯卡勒斯说他要见公爵，只有他才有权利审自己。爱斯卡勒斯见这位教士如此的嚣张，非常气愤，他告诉文森修他和安哲鲁大人现在就可以代替公爵审理他，并让他有什么话就赶快说。

文森修公爵同情地看着伊莎贝拉和玛丽安娜，并对她们说："唉，你们真是可怜的人啊，你们想要在这一群狐狸中间找到一只羔羊吗？那是不可能的，你们的冤屈是没有地方可以得到申诉的。没想到我们善良的公爵居然如此的不公道，把你们的控诉不放在眼里，却让你们控告的恶人来审理此案，可见维也纳城的法律已经成了废纸一张。你们所谓的法律在我看来就像是牙医门口挂起的一串碎牙，只能让人指指点点当作笑话罢了，真是让人心痛啊。"

爱斯卡勒斯见这个无理的教士居然敢辱骂伟大的公爵，他非常的生气，扬言要把他抓到监狱里去。他恶狠狠地对教士说："你这无理的狂徒，你唆使这两个姑娘诬告安哲鲁大人就已经是死罪了，居然还敢辱骂我们的公爵，批判他审案不公。哼，我真应该让你尝尝维也纳城的刑罚，敲断你的每一个骨节，好让你老老实实地交代自己的罪行。"

安哲鲁并没有理会教士的辱骂，他转身问路西奥是不是他指使伊莎贝拉他们诽谤自己，路西奥告诉安哲鲁就是这个教士指使的，他还对安哲鲁说这个教士曾经骂公爵是个蠢材是个懦夫。听了路西奥的话，安哲鲁得意洋洋地叫侍卫把教士抓起来带到监狱去。

正在这时，路西奥向安哲鲁提了一个建议，他想把包在教士头上的头巾取下。他想让所有人看看这个辱骂公爵的人的容貌是如何的不堪。安哲鲁答应

了路西奥的请求,路西奥来到文森修面前,用力把头巾扯下,露出了公爵的本来面目。路西奥惊呆了,安哲鲁惊呆了,在场的所有人都惊呆了,没有人想到这个辱骂公爵的教士就是公爵本人。

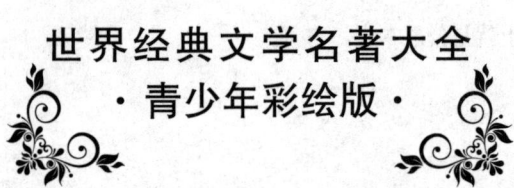

六
审判

路西奥吓得两腿发软,他想到自己曾经羞辱过假扮教士的公爵,还告诉了他,他曾经让一个无辜的女孩怀孕,不禁吓得脸色惨白,刚想要溜走却被公爵叫住了。公爵笑着看着路西奥,要他先别急着走,等他处理完伊莎贝拉的案子再和他算算账。

公爵先是让侍卫放了伊莎贝拉和玛丽安娜,然后便严厉地看着安哲鲁,冷言冷语地对他说:"现在你可以凭借你的口才、你的机智和你的厚颜无耻来为自己辩护了。如果你觉得还有狡辩的必要的话,那就赶紧开始吧,否则一会儿我开口之后,你就没有任何机会了。"

安哲鲁没有想到教士就是公爵，他羞愧难当悔不当初，他觉得已经没有任何颜面再为自己辩护了。他承认了所有的罪行，并希望公爵能赐他死罪。公爵并没有给安哲鲁任何的答复，而是把玛丽安娜叫了过来，告诉安哲鲁既然和她有婚约，而且玛丽安娜已经委身于他，就必须娶玛丽安娜，他命令安哲鲁马上带着她去教堂结婚。

安哲鲁不明白公爵为什么没有马上宣判自己的死罪，而是让自己去娶玛丽安娜，但既然公爵下了命令，自己只能照办，便带着玛丽安娜前去教堂结婚。他们走后，伊莎贝拉连忙跪在公爵的面前，请求他原谅之前的冒昧与无知。

公爵把伊莎贝拉扶起来，温柔地对她说："美丽的姑娘，你是无罪的，我知道你对于你弟弟的死十分的悲伤。也许你不明白为什么我要乔装打扮地设法救他，而不是直接运用我的权力释放他。我这么做只是不希望维也纳城的法律成为白纸一张。只是我没有想到克劳狄奥会这么快被处死，破坏了我的计划，现在我只希望他能死后平安，你也能节哀顺变。"

伊莎贝拉见公爵这么的安慰自己，也就不再那么悲伤了。公爵又对伊莎贝拉说："善良的姑娘，经过这段时间的相处，我被你的美貌与智慧深深吸引，你的勇敢、你的坚强打动了我的心，我已经深深地爱上了你，请你接受我对你诚挚的爱。"

沙拉贝拉没有想到公爵会向自己求爱，在这些天的相处中，她也被公爵的聪明机智深深地吸引了，再一想到自己已经没有亲人了，便答应了公爵的求爱。在场的众人都对这对恋人送上了最衷心的祝福。

就在众人沉浸在喜悦中的时候，安哲鲁带着自己的新婚妻子玛丽安娜走了过来，公爵看到他们后，便叫侍卫把安哲鲁抓起来送到监狱去。玛丽安娜见状，

连忙拉住抓安哲鲁的侍卫,她跪倒在公爵面前,请求他饶恕安哲鲁,并说自己不想要一个只是名义上的丈夫。

公爵不为所动,他看着伊莎贝拉,对她说:"虽然安哲鲁曾经妄想要毁掉你的清誉,但是看在玛丽安娜的面子上,就宽恕他吧。但是他竟然为了自己的名誉要处死你的弟弟,他犯了奸淫和背约的双重罪行,就算法律再仁慈也不能饶恕他的罪行。"

说完,他转头看向安哲鲁,告诉他这是他应得的罪行,安哲鲁也知道自己的罪行难逃一死,便从容地等待法律的制裁。玛丽安娜拉住公爵的衣角,她苦苦哀求公爵只要能饶安哲鲁一死,让她做什么她都愿意。

公爵叹息地对玛丽安娜说:"我之所以会让你和安哲鲁成婚,是为了顾全你的名誉,要不然你已经失身于他,你的终身幸福将会受到影响。关于他的财产,原本我是要按照法律没收的,可我现在决定把这些财产全部判给你,你可以带着它去找一位更好的丈夫。"

任凭玛丽安娜如何苦苦地哀求,公爵都是不答应饶恕安哲鲁。玛丽安娜见求公爵不行,便又转身去求伊莎贝拉,她恳求伊莎贝拉,希望她也能帮忙求情,并说自己一辈子都不会忘了她的恩德。公爵觉得玛丽安娜太可笑了,居然去求伊莎贝拉,他提醒玛丽安娜,难道忘记了是安哲鲁杀死了伊莎贝拉的弟弟克劳狄奥的吗?玛丽安娜现在已经顾不了那么多了,她哀求伊莎贝拉,希望她能帮自己。

伊莎贝拉是个善良的姑娘,见玛丽安娜如此伤心地恳求自己,不禁心软起来。她跪倒在公爵面前对他说:"仁慈的殿下,您就当做我的弟弟还活着吧。我想在他没有看到我之前,他的行为和言语都是出于诚意的,既然如此,您就饶恕

他的死罪吧。克劳狄奥是因为犯了错误而死,这是他应得的罪行。虽然安哲鲁的用心非常令人憎恨,但他并没有因此而害死其他的人。现在我恳求你原谅他吧。"

公爵怎么也没有想到伊莎贝拉是如此的善良,居然为杀害自己弟弟的坏人求情,他深深为自己爱上这么一个心地善良的姑娘感到高兴,他假装不为所动,依然要处死安哲鲁。

他找来看管克劳狄奥的狱卒,问他为什么没有在惯例的时辰处死克劳狄奥,狱卒说自己是按照安哲鲁大人的命令做的,这时爱斯卡勒斯忍不住埋怨安哲鲁:"唉,安哲鲁大人,像您这样的一个人,以前大家总是赞赏您的聪明才智,没有想到你居然会干出这样的事情来。真是太让人失望了呀。"

安哲鲁也意识到自己的过错,悔不当初。他告诉爱斯卡勒斯自己内心充满了悔恨,现在的他只希望能尽快死去。公爵假装要惩罚那个看管克劳狄奥的狱卒,觉得他是安哲鲁的帮凶。狱卒吓坏了,他连忙告诉众人克劳狄奥并没有被处死,那天处死的是另外一个死刑犯。

众人震惊不已,公爵见时机已经成熟,便去差人把克劳狄奥和朱丽叶带来。当克劳狄奥出现在伊莎贝拉面前的时候,伊莎贝拉激动地抱着自己的弟弟,她怎么也没有想到自己的弟弟居然还活着,姐弟二人相拥而泣,在场的其他人也被她们深厚的亲情所感动,忍不住留下了感动的泪水。

等到两个人心情平复之后,克劳狄奥告诉自己的姐姐,这一切都是乔装成教士的公爵教他做的,伊莎贝拉感动地看着文森修公爵,现在的她对待公爵的感情不仅仅是爱恋之情,还有着满满的感激之情,她发誓从今以后要好好地疼爱公爵,来报答他为自己所做的一切。

公爵对安哲鲁说:"年轻人,如果刚刚在我表露身份之后,你还是执迷不悟不知道悔改的话,我一定会毫不犹豫地判处你死刑,但是你却及时醒悟并悔不当初。再加上玛丽安娜和伊莎贝拉为你求情,我决定饶恕你,但是假如以后你对玛丽安娜不好的话,我依然会惩罚于你。"

听了公爵的话,安哲鲁感激不尽,即使公爵没有让他好好照顾玛丽安娜,他也会这么去做的,因为经过这件事他已经深深地感受到玛丽安娜对自己的爱,他决定以后好好地对待她,来补偿曾经对她造成的伤害。公爵还让克劳狄奥尽快和朱丽叶成婚,因为朱丽叶马上就要生产了。

众人皆大欢喜,只有一个人笑不出来,就是可怜的路西奥。他没有想到自己曾经羞辱过的教士和公爵居然是同一个人,他不安地等待着公爵对他的审判。公爵依然微笑地看着路西奥,告诉他对于侮辱殿下的惩罚就是,必须娶那位因为他怀孕的姑娘。

路西奥没有想到公爵竟然让自己去娶一个坏女人,这个消息对他打击太大了,竟然当众晕了过去。在场的众人都笑着看他晕倒在地上,却没有人愿意为他求情,因为这是他应得的惩罚。从此以后,维也纳城在正直的文森修公爵的管理下越来越繁荣,成为多瑙河岸最璀璨的一颗明珠。

终成眷属

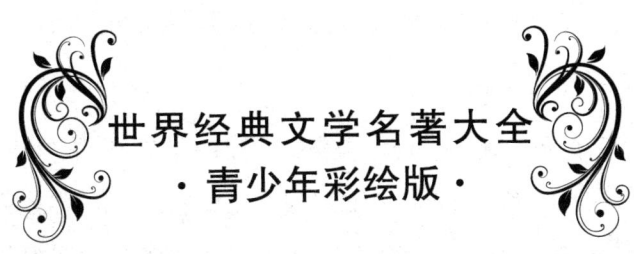

一

海丽娜去巴黎

法国宫廷中的老臣拉佛奉命来到罗西昂伯爵家,把自己的来意告诉了伯爵夫人。伯爵夫人刚刚失去了丈夫,内心的痛苦是可想而知的。现在儿子又要离开自己去巴黎任职,她不禁难过地流下了眼泪。拉佛在一旁安慰夫人,告诉她国王还会像伯爵在世一样的照顾她,而且也会把勃特拉姆当做自己的亲生儿子一样对待,让她不要太伤心难过。

听了拉佛的劝慰,夫人的情绪平静了许多,她礼貌地问拉佛:"国王的身体状况怎么样?听说国王得了很严重的病,不知道现在好些了没有?"拉佛听到夫人问起国王的病情,不禁无奈地摇了摇头,叹了口气说:"唉,陛下的身体一直

都不见好转,任何药物都不起作用。陛下已经谢绝了所有的医生,痊愈的希望是一天比一天小了呀。"

夫人听后很难过,她指着身旁一位美丽安静的姑娘对拉佛说:"如果这位姑娘的父亲还在世的话就好了!她的父亲非常的正直善良,还是一名精通医术的医生,如果他还在世的话,一定能治好陛下的病。只可惜他在不久前也去世了。"

夫人还告诉拉佛这位姑娘叫海丽娜,她的父亲临终前把她托付给自己照顾。夫人温柔地告诉拉佛,海丽娜有着醇厚的优良品德,接受过良好的教育,是一位心地善良的漂亮姑娘。海丽娜听着伯爵夫人的赞扬,羞涩地低下头,泪水却从眼眶中流了下来。伯爵夫人和拉佛都以为海丽娜是因为想念她的父亲才哭的,便安慰了她几句,让她节哀顺变。

接着伯爵夫人又拉住儿子勃特拉姆的手,对他说:"亲爱的孩子,愿你不仅仪表风度像你的父亲,更要在一切美德上超过他。在能力上你应当能与对手抗衡,但不要因为争强好胜而随便炫耀你的才华。愿上帝保佑你,我的孩子。"

嘱咐完这一切后,伯爵夫人便开始和拉佛告别,她告诉拉佛自己的儿子还不太懂事,希望他能多关照他一些。拉佛对伯爵夫人说了些让她放心的话后,便带勃特拉姆动身回了法国。

他们走后,伯爵夫人回到自己的房间休息去了,可海丽娜却还坐在椅子上哭泣着,她的哭泣不仅仅是因为自己父亲的去世,更让她难过的是勃特拉姆的离开。自从海丽娜的父亲死后,她便一直寄居在罗西昂伯爵家里。在和勃特拉姆相处的这段时间里,海丽娜已经深深地爱上了他,可她却把这份爱偷偷地藏在了心里,没有告诉任何人,就连在善良仁慈的伯爵夫人面前,她也没有表露过。

海丽娜知道,勃特拉姆是法国最古老世家的后代,是贵族家的少爷,而自己则出身低微,勃特拉姆是不会爱上自己的,所以她一直把这份感情隐藏得很好。正如海丽娜所想,在勃特拉姆的思想里,一直把身份地位看得很重,他从来没有想过去娶穷人家的女孩为妻,一直以来他都没有正眼看过海丽娜,只把她当做母亲身边的侍女一样看待。

现在勃特拉姆走了,海丽娜一想到以后的日子将再也看不到心爱的人,不禁难过地流下了眼泪,她感慨道:"难道出身贫寒的人,就只能听从命运的安排吗,我好不甘心呀。"说着又哭了起来,她的哭声惊扰了正在休息的伯爵夫人。

伯爵夫人走了出来,坐在海丽娜身旁,对海丽娜说:"孩子,你就把我当作你的母亲。一直以来我都把你当作亲生孩子一样看待,有什么难过的事和我说说,不要一个人憋在心里。"海丽娜听后连忙说自己出身卑微,怎么能做身份高贵的夫人的女儿呢,勃特拉姆更不能做自己的哥哥。

伯爵夫人感到很奇怪,便问她为什么自己不能做她的母亲,海丽娜解释说自己非常希望夫人做自己的母亲,但却不想让勃特拉姆做自己的哥哥。听到这里,伯爵夫人终于明白了海丽娜伤心难过的原因,原来海丽娜是爱上了自己的儿子。

她试探性地问海丽娜是不是爱上了勃特拉姆,海丽娜觉得这个时候再也没有隐瞒伯爵夫人的必要了,便坦然承认自己一直深爱着勃特拉姆,她还请求夫人不要因为自己爱上了她的儿子而憎恨和讨厌自己。

伯爵夫人听到海丽娜亲口承认爱着勃特拉姆,不仅没有讨厌海丽娜,反而对她深表同情。她告诉海丽娜自己不但没有讨厌和憎恨她,还会尽自己的全力帮助她,她问海丽娜最近是不是有要去巴黎的打算,海丽娜诚恳地对伯爵夫人

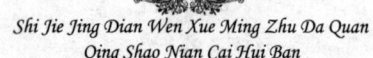

说:"是的夫人,我正有意要去巴黎,听说国王得了不治之症,我的父亲在世时曾传给了我几种秘方,我想应该能治得好国王的病。"

伯爵夫人好笑地问海丽娜,这就是她要去巴黎的主要原因吗?海丽娜不好意思地摇了摇头,对夫人说:"会产生这个念头,都是为了去看您的儿子勃特拉姆,要不然什么巴黎,什么药方,什么陛下的病,都不会成为我去巴黎的动力的。"看到海丽娜这么诚实,伯爵夫人便暗下决心要帮助她,她告诉海丽娜自己同意她去巴黎,并让她回房整理行李,明天一早就叫辆车送她去巴黎。

海丽娜听后高兴极了,她谢过夫人后,便高兴地跑回自己的房里。伯爵夫人看着海丽娜的背影,不禁自言自语地说:"如果她真能治好国王的病,不但救了国王的命,也许会借此改变自己的地位,到时候她的爱情就有可能实现了。"

二

海丽娜挑选丈夫

　　第二天,海丽娜带着父亲留给她的医药秘方和简单行李,同伯爵夫人告别后,便一个人前往巴黎。海丽娜到了巴黎之后,就去找老臣拉佛,希望他能把自己引荐给国王陛下。拉佛是一位忠心耿耿的老臣,自从国王生病以后他一直忧心忡忡,海丽娜的到来又让他燃起了希望,他把海丽娜带到了宫殿里去拜见国王。

　　国王见拉佛带了一位姑娘来见自己觉得很奇怪,便问海丽娜为什么要来见自己,海丽娜先对国王做了自我介绍,她告诉国王自己的父亲生前是位很有名的医生,去世之后留了很多医学秘方给自己,其中有一个药方就能治好国王的病。

　　海丽娜还告诉国王，自己这次日夜兼程不辞辛苦地赶来巴黎，就是为了治好他的病。国王听后非常感动，但他却对自己的病毫无信心，他苦涩地对海丽娜说："美丽的姑娘，谢谢你的好意，可我却不能轻信这个药方，你要知道我们这里最好的医生都治不好我的病，巴黎城内所有的医生都说我病入膏肓，没有挽回的余地了。现在我又怎么能妄想你一位姑娘能治好我的病呢，我不能让别人嘲笑我糊涂呀。我十分了解我自己的病状已经严重到了什么程度，唉，姑娘，你是没有妙手回春之术的，还是回去吧。"

　　听了国王说的这些话，海丽娜沉思了一会儿，她勇敢并自信地对国王说："既然陛下已经确定无药可救了，为什么不给我一次机会呢？让我试试我的医术，又有何妨呢？我父亲留下的药方还没有失去效力，相信我一定会带给您意想不到的惊喜的，您的病并不是毫无希望的。您要知道，这世间最有把握的希望，往往会很失望；而有最少希望的事，却反而会出现意外的成功。"

　　国王虽然很赞同海丽娜说的话，但他仍然不肯让她为自己治病，他劝告海丽娜说："我知道你是一片好心，我也知道你的父亲是位名医，你对他的药方很有信心，但是万一失败了呢？假如我吃了你配给我的药不但病没有好，还严重致死，到时候我的臣民们不会饶恕你的，他们会治你的罪，到那时你是免不了一死的。所以我还是劝姑娘你打消这个念头，早点回家去的好。"

　　海丽娜相信父亲正直的为人，相信父亲高明的医术，更对父亲留下的药方有着十足的信心。为了能得到勃特拉姆的爱，她坚定地对国王说："假如我没有治好国王的病，我可以任你处置，你可以让人们编造辱骂我的歌谣，以此来宣扬我的罪行，如果这还不够的话，那么您就赐我一死吧。"海丽娜的坚决终于打动

了国王，国王答应让她试一试。

国王和海丽娜商定，如果她治不好自己的病，海丽娜就得甘受杀头之刑；如果她治好了国王的病，她便可以在巴黎城内，选择除了王子以外任何一个她喜欢的男子，作为自己的丈夫。一切商定好以后，海丽娜按照父亲留下的药方，针对国王的病为他配了一副药，国王服用后不到三天就痊愈了。全城的人们都觉得这是一个奇迹。

国王非常高兴，他把海丽娜叫到宫殿来，用温和的口气对海丽娜说："我的恩人，谢谢你救了我的命，让我这只手又恢复了活力，现在是我要履行诺言的时候了。"说着国王拉起了海丽娜的手走到大臣们面前，他指了指那些年轻的官员和贵族公子，用温和的口气对海丽娜说："好姑娘，在这些年轻的未婚贵族中，你可以任意选择一个作为你的丈夫，他们都没有拒绝你的权力。"

海丽娜有些羞涩又有些担心地问国王，万一她选择的那个人不同意怎么办，国王坚定地告诉海丽娜，如果有人躲避她的爱情，将永远得不到他的重用。听到国王的亲口保证，海丽娜才放下心来。

她看了看眼前的这些贵族青年，对他们说："你们的条件都太好了，我想我是配不上你们的。"最后她面带羞涩地走到勃特拉姆身边，红着脸看着勃特拉姆，对他说："我不敢说自己选中了您，但我愿意把我自己奉献给您，我愿意为您服务，一辈子都听您的话，我希望我和您能结为伴侣。"说完她又看向国王，告诉他自己选择了勃特拉姆，国王听后非常高兴，命勃特拉姆娶海丽娜为妻。

听到国王让自己娶海丽娜为妻，勃特拉姆很不高兴，他是一个等级观念极深的人，也是一个虚荣心很强的人。一直以来，他只是把海丽娜当作母亲身边的一个女仆而已，无论海丽娜长得多么的漂亮，品德多么的高尚，他都没有正眼看过她。现在国王让他娶她,他非常的不情愿也很不满意,他对国王说:"陛下,娶谁为妻应该是我的自由吧?您能告诉我,为什么要我娶她吗?"

国王告诉他是因为海丽娜治好了自己的病,他答应要让海丽娜自己选择丈夫的。勃特拉姆听后不高兴地说:"就是因为这个,我就必须要降低我的身份,和她这样一个贫贱的女子结婚吗?我认识她,她只不过是我母亲身边的侍女而已,是靠我们家养活大的。哼,让一个穷医生的女儿做我的妻子,那我宁愿一辈子倒霉。"

听了勃特拉姆的抱怨,国王很生气,在那个时代,所有的王公贵族差不多都有这样虚荣心,国王也不例外。但海丽娜却治好了他的病,使他对她改变了这样的看法,国王真心诚意地想感谢这位出身卑微的姑娘。

现在听到勃特拉姆要违背自己的意愿,他非常生气,用严厉的口吻对他说:"你看不起海丽娜,不过是因为她的地位低微,那我可以把她抬高起来。海丽娜品德高尚善良美丽,而你不喜欢她的原因,竟然是嫌弃她是穷医生的女儿。你这样重视虚名胜于美德是不对的。要是你能因为爱这位姑娘的美德而爱上她,那么我能给她其余不足的一切,她的贤淑和美貌是她自己的嫁妆,光荣和财富则是我给她的赏赐。"

勃特拉姆却不屑地告诉国王自己不能爱她,也不想爱她。国王大怒,他告诉勃特拉姆如果不娶海丽娜为妻,他就要杀了勃特拉姆。

海丽娜看到勃特拉姆如此的不愿意娶自己,便伤心难过地告诉国王,能治好他的病自己已经很满足了,其他的海丽娜就不再奢求了。国王摇了摇头,对海丽娜说:"不,美丽的姑娘,这与我的信用有关,为了使我的信用不受伤害,我必须运用我的权力。"

说完他严肃地看着勃特拉姆,让他拉着海丽娜的手,对他说:"如果你想自己以后好过些,就赶快抑制你的轻蔑,服从我的旨意。我有命令你的权力,你就有服从我的天职,否则你将永远得不到我的宠爱和重用,让年轻的愚昧把你拖下无底深渊。我的愤怒和憎恨将要用律法的名义降临到你的头上,如果你不答应娶海丽娜,我将对你没有任何的怜悯和宽恕。现在告诉我你的选择吧。"

勃特拉姆听出了国王话语中的愤怒,没有办法,他妥协地请求国王饶恕自己之前的鲁莽,并答应娶海丽娜为妻。

三

海丽娜离家出走

国王见勃特拉姆不再反对，非常的高兴，让他们两个人在当天夜晚就举行了婚礼，并嘱咐勃特拉姆好好地对待海丽娜。

到了晚上，国王为他们举行了盛大的婚礼和晚宴，所有的人都处在愉快的氛围中，只有勃特拉姆因为娶了身份低微的海丽娜而郁郁寡欢。虽然他娶了海丽娜，可却一天也不想面对她。他告诉自己的好朋友，虽然在婚礼仪式上当着尊严的牧师发过誓，但他却仍不愿意和海丽娜一起生活。于是在结婚后的第二天，勃特拉姆就去找国王，请求他让自己去佛罗伦萨打仗。

当时佛罗伦萨的公爵正和敌人打得火热,那里的公爵向法国国王请求援助。国王见勃特拉姆主动要求去佛罗伦萨,非常的高兴,便同意了他的请求,让他尽快赶往战场支援那里的部队。

勃特拉姆在临走之前写了两封信,一封是给国王的,里面的内容大概写的是自己对这段婚姻的不满,自己之所以会去佛罗伦萨,就是不想和海丽娜一起生活;另一封信是写给自己母亲的,告诉母亲他已经和海丽娜结了婚,自己也即将去远方作战。他还告诉母亲,自己之所以去佛罗伦萨就是不想面对海丽娜。

写好之后,勃特拉姆把海丽娜叫到身边,告诉她自己要去远方打仗,这是国王的旨意,他必须履行。勃特拉姆假意为难地对海丽娜说:"我们刚刚结婚,我本不应该这个时候远行,但之前我也是一无所知的,所以弄得现在手足无措。海丽娜,我现在请求你动身回到我母亲那里,不要问我这样做的原因,这是我经过认真考虑后才做的决定。"

说完他又把写给母亲的信交给了海丽娜,告诉她把这封信交给伯爵夫人,然后他又拿出另一封信给海丽娜,告诉她这是给她的,让她在回到家之后再打开来看。一切准备完毕后,勃特拉姆把海丽娜送上了马车,看着马车渐渐远去,勃特拉姆暗下决心永远都不再回来。

此时的海丽娜,并不知道勃特拉姆让自己回家的真正目的,她带着对丈夫的思念回到了伯爵夫人那里。海丽娜见到伯爵夫人后,告诉她自己用父亲留下来的药方治好了国王的病,国王又为她和勃特拉姆主持了婚礼。伯爵夫人听到海丽娜终于和自己的儿子结婚了非常的高兴,她拉着海丽娜的手和她寒暄起来。

过了一会儿,海丽娜把勃特拉姆给她的信交给了伯爵夫人,伯爵夫人拆开

世界经典文学名著大全
·青少年彩绘版·

信一看，里面写了这样几行字："母亲大人，我已经让海丽娜回家了，她治好了国王的病，国王用他的权力逼迫我和海丽娜结婚。这不是我想要的，我发誓绝不和她一起生活，为此，我远离家乡去远方打仗，再也不回来了，希望母亲不要太过想念儿子。"

海丽娜看后终于明白了丈夫离家的原因，不禁伤心地哭了起来，伯爵夫人连忙上前劝慰她，伯爵夫人生气地说："这个莽撞的孩子，娶了这样一位贤惠的妻子还不满意，竟然敢拒绝国王的恩典，简直太不像话了。"

就在这时，海丽娜想起临走之前勃特拉姆交给自己的信，她连忙打开看了看，上面只有两行字："假如你能拿到我戴在手上的戒指，并且有了我的孩子，你才可以叫我丈夫，我敢断言，永远都不会有那一天的。只要我的妻子在法兰西一天，我在法兰西就一天都没有值得留恋的。"

伤心欲绝的海丽娜在看完之后差点晕了过去，伯爵夫人看后也替海丽娜感到悲伤，她安慰海丽娜说："可怜的孩子，不要太难过了，你不应该把所有的悲伤都一个人承担下来。我那个不孝子居然这么对你，我决定和他断绝母子关系，从现在起，你就是我唯一的孩子了。"

虽然伯爵夫人安慰了她很多，可海丽娜的内心却还是痛苦的。她一个人回到房间里，想着勃特拉姆信中说的那句话："只要我的妻子在法兰西一天，我在法兰西就一天都没有值得留恋的。"想着想着海丽娜终于理解了这句话的意思，原来是自己逼走了勃特拉姆，是她逼得他不得不远走他乡去打仗，是因为她在这里勃特拉姆才不愿意回家的。

想到这里，海丽娜自嘲地苦笑了一下，她自言自语地说："我要离开这里，我宁愿用自己的身体去喂豺狼虎豹，也不要在这里多停留一天。希望我出走的消息能传到勃特拉姆耳中,这样他也许会得到一丝安慰吧。"想到这里,海丽娜开始整理自己的行李,然后给伯爵夫人留了一封信,当天夜里就离开了伯爵夫人家。

第二天,管家在打扫房间的时候,发现了海丽娜留下来的信,他把信交给了伯爵夫人,伯爵夫人打开信一看,是一首小诗:"都是我的错,为了爱情竟忘记了自己的出身;没想到因此害得您儿子有家不归,一个人在外打仗;想想这都是我的过错,为了弥补我的过错,我决定离开这里,希望他能早日回家,并且宽恕我。"

伯爵夫人看后无奈地摇了摇头,如果海丽娜没走的话,她一定会想尽办法劝她打消这个念头的。现在海丽娜因为自己的不孝儿子离开了,夫人的内心很痛苦。她让管家给勃特拉姆写封信,告诉他因为他的任性,害得海丽娜已经离家出走了。

伯爵夫人之所以会这么做,就是希望儿子看到信之后会回来,到时候海丽娜因为依然爱着勃特拉姆,也能再次回到这个家来。一切都嘱咐完毕后,伯爵夫人伤心地走回了自己的房间,她希望一切都能如她所愿。

四

海丽娜设计和勃特拉姆相见

勃特拉姆到了佛罗伦萨以后,帮助那里的部队打了一场胜仗,他捉住了对方的主将,还亲手杀死了对方公爵的亲兄弟。由于他作战勇猛指挥得当,当地的伯爵想要给他举行一个盛大的庆功会。

就在这个时候,勃特拉姆收到了母亲的来信,从信中他得知海丽娜已经离开了他的家再也不会回来。得到这个消息,勃特拉姆非常高兴,他告诉伯爵参加完庆功会之后,他就会动身回家。

此时,离开伯爵夫人家的海丽娜,想要到圣约克为勃特拉姆进香,中途来到

了佛罗伦萨。到了晚上，海丽娜投宿在一位寡妇开的旅店中。这位好心的店主非常的热情，她见海丽娜是外地来的香客，便和她热络地攀谈起来。

从他们谈话中，店主得知她是从法国来的，便对她说："真是太巧了，前不久我们这里来了一位从法国来的将军，刚刚才打了胜仗回来。听说法国国王强迫他和一个自己不喜欢的女人结婚，他为了躲避这场婚姻才来这里的。哎，真是可怜那位姑娘了。"

店主还对海丽娜说了好多关于这位将军的事，从她的口中，海丽娜知道这个人就是自己的丈夫勃特拉姆，但她并没有告诉店主自己的身份。就在他们谈话的时候，店主的女孩狄安娜走了进来，见她们在谈论关于勃特拉姆的事，便也坐下和她们一起聊了起来。

狄安娜是一个非常美丽善良的女孩，勃特拉姆在来到佛罗伦萨后，无意间认识了狄安娜并深深地爱上了她。他经常到狄安娜家来，为她唱歌跳舞，还经常对她说些赞美以及爱恋的话。可狄安娜却一点都不喜欢这个已经有了妻子的将军，所以一直都在拒绝他。

狄安娜不知道为什么特别喜欢和刚认识的海丽娜聊天，她把勃特拉姆喜欢她的事也告诉了海丽娜，她还告诉海丽娜自己非常同情勃特拉姆的妻子。海丽娜告诉狄安娜自己是那位将军妻子的朋友，她也很同情她。就在他们谈话时，门外来了一个勃特拉姆派来的使者，他告诉店主和狄安娜，勃特拉姆想在今晚来拜访狄安娜，他想单独和她见面谈一谈，因为过了今天，他就要离开佛罗伦萨回家去了。

狄安娜听到勃特拉姆要单独见面，便想要拒绝。海丽娜连忙制止了她，她告诉狄安娜和店主，自己就是勃特拉姆的妻子，她伤心地对她们说："我非常爱我的丈夫,为了他我独自一人去宫殿为国王治病,为了他我什么事都愿意去做,可他就是不爱我。他在临走之前居然告诉我,只有我能拿到他不离身的戒指,并且怀上他的孩子,才能管他叫丈夫,还说那一天是永远都不会来的。"说到这里,海丽娜已经泪流满面了。

听了海丽娜的话,狄安娜和她的母亲都对这位可怜的姑娘感到同情,她们问海丽娜能为她做点什么。海丽娜见她们想要帮助自己,非常的感动。她告诉狄安娜和她的母亲,让狄安娜先答应勃特拉姆的请求,今晚和他见上一面。她对狄安娜说:"勃特拉姆非常的喜欢你,如果你向他要那枚戒指,他一定不会拒绝的。然后你和他约定午夜相约在你的房间里,到时候,我假扮成你去和他约会。剩下的事我自己就能解决了。"

听了海丽娜的话,狄安娜很爽快地就答应了下来,可她的母亲却还有些顾虑。她对海丽娜说:"虽然我的家道已经中落,可也是名门出身,从来都没有干过这样的事情,现在我不想因为做了不好的勾当而毁坏了我的名誉。"

海丽娜诚恳地对店主说:"请您一定要相信我,勃特拉姆真的是我的丈夫,刚刚我对你们说的话,全部都是真的,没有半点虚假。我只希望您的女儿帮我拿到那枚戒指,剩下的事情都由我自己来解决,这对您的名誉是不会有影响的。"

说完这些话,她又拿出一袋金子交给店主,告诉她这是自己的一点心意,希望她收下。店主见海丽娜如此的诚恳,再加上她不幸的遭遇,便答应海丽娜让自己的女儿去帮助她拿到戒指,并约勃特拉姆出来。海丽娜又找了一个人,让他去给勃特拉姆送一封信。

在信中她告诉勃特拉姆,海丽娜在进香的途中生了疾病,不幸逝世了。海丽娜觉得勃特拉姆在得知这个消息后，一定会更加放心地去向狄安娜求爱了。勃特拉姆刚刚得知狄安娜答应了自己的请求，非常高兴。就在他精心准备的时候，门外一个使者送来了海丽娜逝世的信件。勃特拉姆在得知海丽娜已经死了的消息后，并没有多么伤心，反而觉得松了口气。他觉得这回自己可以安心地向狄安娜求婚了。

到了晚上，勃特拉姆来到和狄安娜约好了的地方，深情地对她说："你是如此的美丽动人，比月中的仙子还要漂亮许多，我一直深爱着你，我愿意为你做任何事。我发誓只要你答应嫁给我，我一定会好好地去爱你，我愿意永远供你驱使。"

狄安娜假装不屑地说："再多的誓言也体现不出你的真诚。人们在发誓的时候，哪一次不是以最高的事物为证的？假如我是真的一点都不爱你，但我却对着上帝发誓，说自己深深地爱着你，这样的誓言能相信吗？我们经常说敬仰上帝，用他的名义起誓，可却做着相反的事。你那些所谓的誓言都是空话，没有任何信誉可言。"勃特拉姆觉得很无奈，便问狄安娜自己要怎么做，才能让她相信自己对她的爱。狄安娜告诉勃特拉姆，要想让自己相信他，就把他手上的戒指给她。

勃特拉姆没有想到她会要自己的戒指，他想了想，对狄安娜说："这枚戒指我可以借给你，但不能给你。这是我家世代相传的宝贝，真的不能把它随便给人的。"狄安娜见勃特拉姆不愿意把戒指给自己，就假装生气地说："我的名誉也和你手中的戒指一样，是我家世代相传的宝贝，也不能随随便便给别人的。"

勃特拉姆见狄安娜真的生气了，没有办法，只好拿下戒指交给狄安娜，并对她说："既然你想要就给你吧，我的家、我的荣誉甚至是我的生命，从这一刻起都是你的了,我愿意一切都听你的。"狄安娜接过戒指,非常的高兴,她让勃特拉姆晚一些再到她房间里来,到时候,她会交给他另一枚戒指作为信物。

她还告诉勃特拉姆,晚上到她房间以后,不可以停留一个小时以上,并且不要对她说任何的话。至于为什么要这么做,等他再一次见到这枚戒指的时候,就会明白的。

到了深夜,勃特拉姆来到了狄安娜的房间里,在里面等着他的,并不是狄安娜而是海丽娜,海丽娜特意把灯光调得昏暗些,让勃特拉姆看不清自己的脸,让他以为和他约会的是狄安娜。勃特拉姆把她当作狄安娜,对她说了很多的情话,并告诉她自己要娶她,要一辈子疼爱她。海丽娜听着勃特拉姆的话,心里一阵的辛酸,她多么的希望这些话是对自己说的,而不是狄安娜。

她没有在勃特拉姆面前表露出自己的伤心,对他说:"希望你能做到你所说的。之前向你要了一枚戒指,现在我也送你一枚戒指,请你戴在手上作为以后的信物。"说着,她拿出了国王送给她的那枚戒指,戴在了勃特拉姆的手上。过了一个小时,海丽娜就把勃特拉姆打发走了。临走之前,勃特拉姆告诉假的狄安娜自己一定会娶她的。

五

撒谎的勃特拉姆

勃特拉姆从狄安娜家回来之后,天就已经要亮了。他想到再过几个小时就要动身回到母亲那里去,便连忙整理自己的行李,正在这时,门外走进来两个侍卫,他们告诉勃特拉姆,他的手下有个人对他不忠心。

勃特拉姆感到很奇怪,便问他们发生了什么事。两个侍卫告诉他,此前在打仗的时候,他手下有个叫帕洛的队长,为人非常的狡猾奸诈,他表面非常尊敬勃特拉姆,可背地里却总是在说他的坏话。之前勃特拉姆给狄安娜写过一些情书,让帕洛帮忙交给她。可帕洛却把信的内容给改了,他告诉狄安娜不要相信勃特拉姆的话,说他是个骗子是个恶魔。

勃特拉姆并不相信帕洛会做出这样的事情来,这两名侍卫告诉他,刚刚他们假装成敌军抓住了帕洛,并且把他的眼睛蒙上了,一会儿审问他一下就知道他是不是真的忠心了。勃特拉姆同意了他们的做法。

过了一会儿,侍卫带着被蒙上眼睛的帕洛走了进来。他们假装成敌军的样子威胁着帕洛,并问了他一些问题,帕洛因为害怕丢掉性命,便一五一十地说出了他以前做过的那些事,包括辱骂诋毁勃特拉姆的事情。

勃特拉姆听后非常的生气,本打算好好惩罚一下这个小人,但一想到自己马上要离开佛罗伦萨,没有时间去处理这件事,他便嘱咐那两名侍卫撤掉帕洛的职务,剩下的就交给他们两个去处理。一切都准备完毕后,勃特拉姆便踏上了回家的路。

勃特拉姆刚刚离开佛罗伦萨,海丽娜便恳求店主和狄安娜同她一起去巴黎见国王,帮她把最后的事情做好。好心的店主和狄安娜答应了她的请求,于是她们也踏上了前往巴黎的旅程。一路上颠簸劳累,经过了几天的赶路,她们三个人终于来到了巴黎。

海丽娜带着狄安娜和她的母亲来到了国王居住的宫殿,在宫殿门口碰到了一位大臣,海丽娜把自己的来意告诉了那位大臣,并对他说自己有事要见国王。大臣遗憾地告诉她们,国王前几天已经离开巴黎去了罗西昂,他还说自己也正准备去那里找国王呢。

听了大臣的话,海丽娜拿出了之前写好的诉状交给大臣,对他说:"大人,我们有急事也要去找国王,但是我想您应该比我早一步见到国王。我想请您帮我把这份诉状交给国王。我相信您为我做的这件事,不但不会受到指责,还有可能使您立一大功呢。我们虽然没有快马,但我们会尽力赶上您的。"大臣看到

海丽娜如此的诚恳,便答应了她的请求,带着诉状先去罗西昂找国王去了。

海丽娜等人也马上上了马车,急急忙忙地赶往罗西昂。国王在吃了海丽娜配给他的药之后,身体逐渐好转起来,现在已经基本上完全康复了。他带着几个亲信来到罗西昂拜访伯爵夫人。他告诉伯爵夫人多亏了海丽娜,才让他现在如此的健康,还问她海丽娜现在的情况怎么样了。

伯爵夫人一听国王提起了海丽娜,不禁伤心起来,她告诉国王都是自己的儿子不好,抛下新婚妻子去外面打仗,害得海丽娜离家出走去进香,结果在半路上染上了重病,由于没有及时治疗导致她已经病逝了。国王没有想到才没过多久海丽娜就死了,非常难过,伤心地对伯爵夫人说:"我没有想到她那么年轻就病逝了,她的死对我来说就好像失去了一件珍贵的宝物。唉,我没有想到勃特拉姆这么久还没有看透海丽娜美好的本质。"

伯爵夫人也很难过,他安慰国王,告诉他过去的事就让它过去了,不要过多地责怪勃特拉姆。国王叹了口气:"唉,夫人你有所不知,以前我曾经为此事很生气,可我现在已经宽恕他了,忘记了过去的一切。"国王还打算把宰相的女儿嫁给勃特拉姆,对于这个提议,宰相和伯爵夫人都很赞同。

经过了海丽娜这件事,国王觉得这次的婚姻有必要问问勃特拉姆的意见,便叫人把他叫来。过了一会儿,勃特拉姆走了进来,国王问他对宰相的女儿印象如何,勃特拉姆立刻就明白了国王的意思。他心里暗想:"虽然我承诺了狄安娜以后会娶她,而且我也很爱她,但是她的身世和宰相大人的女儿一比,好像低了一些。我已经回到罗西昂有一段日子了,说不定狄安娜已经忘记我了,我又何必钟情于她一个人呢?"

想到这里,勃特拉姆诚恳地对国王说:"国王陛下,宰相大人的女儿给我留下了极好的印象。当我第一次看见她的时候,就已经深深地爱上了她,我认为世上任何女子的容貌都不及她美丽端庄,任何女子的肤色都没有她自然匀称,任何女子的身材都比不上她。"

国王听了勃特拉姆的话,觉得他应该是喜欢宰相的女儿的,便告诉他自己要为他和宰相的女儿主持婚礼,并让勃特拉姆给他的未婚妻送个定情的信物。由于勃特拉姆来的匆忙,并没有带什么礼物,便把临离开佛罗伦萨前,海丽娜给他的戒指从手上拿了下来交给了宰相。

宰相看了看戒指,很疑惑地对国王说:"陛下,这枚戒指不是海丽娜小姐为您治好病之后,您送给她的那枚吗?我还记得她在离开宫殿时和我告别,戴的就是这枚戒指。"

听了宰相的话,国王把那枚戒指拿过来仔细看了看,确实是自己曾经送给海丽娜的那枚,他还告诉过海丽娜,无论以后遇到了什么困难的事情,只要凭借这枚戒指,他就一定会帮助她。国王感到非常的不解,他送给海丽娜的戒指怎么会在勃特拉姆的手里,难道海丽娜的死和他有关?

想到这里,国王严厉地问勃特拉姆这枚戒指是哪里来的,他还说这明明是自己送给海丽娜的。勃特拉姆也觉得很奇怪,他一直强调这枚戒指不是海丽娜的,国王不相信他的话,一直逼问他戒指的来历。

勃特拉姆不方便说是狄安娜送的,便编了个谎话,他对国王说:"陛下,您一定是弄错了,这枚戒指是我在佛罗伦萨经过一家人门口时,一个女人从窗口丢给我的,她是一位家世很好的女子,她以为我接受了这枚戒指就会娶她,可我当时已经和海丽娜结婚了,便告诉了她自己不能和她结婚。她知道我是一个有妇之夫后,便不再多说什么,但她要我留下这枚戒指作为纪念,我可以发誓,这枚

戒指绝对不是海丽娜的。"勃特拉姆越是为自己辩解,国王越觉得他有问题,甚至觉得海丽娜就是被勃特拉姆害死的,想到这里,国王非常的生气,他叫人把勃特拉姆抓起来,等到事情查得水落石出时再做处罚。

侍卫刚把勃特拉姆带下去,那位带着海丽娜诉状的大臣就走了进来,他告诉国王在巴黎的时候遇到一对母女,她们要告勃特拉姆,他觉得事情比较严重,便先把诉状拿来给国王看。国王打开诉状仔细一看,里面的内容是:"告状人狄安娜,状告勃特拉姆。勃特拉姆在佛罗伦萨时曾追求于我,说他的妻子已经过世,和我许下婚约。他曾说过订婚之后便回来娶我为妻。现在他已经回家多日,却一直都没有来迎娶我,还不再和我联系。出于无奈,我只能来到这里状告他,希望圣明的陛下来替我主持公道。"

国王看完了诉状非常生气,他没有想到勃特拉姆不但与海丽娜的死有关,竟然还抛弃在佛罗伦萨有过约定的女子,于是他叫侍卫把勃特拉姆带过来当面对质。就在这时,狄安娜和她的母亲也赶到了伯爵夫人家,见到国王,她们又一次把这次来的目的说了一遍。

不一会儿,侍卫带着勃特拉姆走了进来。国王严厉地问勃特拉姆认不认识狄安娜母女,是不是像诉状中写的那样抛弃了狄安娜。勃特拉姆没有想到狄安娜会在这个时候来到这里,为了顾全自己的面子他死都不承认,他还说狄安娜只不过是一位臭名在外的娼妓。

狄安娜听到勃特拉姆这样说自己,非常的生气,但她并没有当场发火,而是忍着气对国王说:"陛下,他是在冤枉我。请你仔细想想,如果我是他所说的那样一个人,他没有必要给我这么贵重的戒指当定情信物的,他还说过是如何如何的爱我,还说这枚戒指是他家的宝贝,怎么可能这么轻易的就送给一个娼妓呢？"

说着狄安娜拿出了勃特拉姆给她的戒指。伯爵夫人看到后，告诉国王这确实是他们家世代传下来的宝贝。勃特拉姆见自己的谎言被拆穿了，只能承认自己确实喜欢过她，但他仍在为自己狡辩："我是一个年轻人，逢场作戏是避免不了的。她知道和我身份相差很多，便一直处心积虑地勾引我。陛下您是知道的，在爱情面前人都是盲目的，她凭借着她的手段和美丽的外貌征服了我。"

勃特拉姆的这番话彻底激怒了狄安娜，她大声地指责勃特拉姆忘恩负义，还让他把之前送他的戒指还回来，从此再也不想见到他。勃特拉姆抵赖地说自己并没有拿狄安娜的戒指。国王问狄安娜她的戒指是什么样子，狄安娜说和国王手上拿的那个差不多。国王把手中的戒指拿给狄安娜看，告诉她这是刚刚从勃特拉姆手上拿下来的。狄安娜看了几眼后，非常肯定地告诉国王，这就是她送给勃特拉姆的戒指。听了狄安娜的话，国王觉得非常疑惑，他们俩说得完全不一样。

勃特拉姆说戒指是一个女子从窗口扔给他的，可狄安娜却说这枚戒指是自己送给他的。国王更加确信海丽娜的死和他们两个人都有关系。他严厉地告诉勃特拉姆和狄安娜，如果他们不能把这枚戒指的来历说清楚，他们两个人都要受到严厉的惩罚。

狄安娜见国王要处罚自己，连忙告诉国王这枚戒指的主人也来到了罗西昂，现在她就在门外，她可以证明自己与戒指的事没有太大的关联。国王听到戒指的主人在门外，感到非常疑惑，戒指的主人明明是海丽娜，可是她在不久前就已经因病去世了啊，怎么还会有一个戒指的主人呢。国王带着疑惑让侍卫把外面的人带进来。

六

有情人终成眷属

当海丽娜再一次出现在众人面前的时候,狄安娜母女之外的所有人都惊呆了,他们没有想到死去的海丽娜竟然又活了过来。国王简直不敢相信自己的眼睛,刚刚他还在怀疑海丽娜被人谋害了,可现在她却活生生地出现在自己面前,国王揉了揉眼睛,不敢相信地问道:"我看到的是真的还是假的?你真的是勃特拉姆的妻子海丽娜吗?"

海丽娜听到国王称自己是勃特拉姆的妻子,内心犹豫了一下,她知道虽然自己已经和勃特拉姆结过婚了,他也在佛罗伦萨对自己发过誓言了,可他却一直都没有真正承认过自己是他的妻子。想到这儿,海丽娜摇了摇头,对国王说:"不,国王陛下,你所看到的不过是一个妻子的影子而已,只有一个虚名,却并没有实际。"

勃特拉姆听到海丽娜说自己只是一个虚名,不禁感到非常的惭愧,他连忙对海丽娜说:"不不不,虚名也有,实际也有,请你原谅我以前所做的错事吧。"海丽娜见勃特拉姆如此诚恳地承认自己的错误,反倒觉得不好意思起来,她温柔地对勃特拉姆说:"我亲爱的丈夫,当我冒充狄安娜的时候,我觉得您真的是非常的温柔体贴,无微不至。"

说着,海丽娜拿过了狄安娜手中的戒指,接着对他说:"您还记得曾经写给我的那封信吗?你在信上曾说过,如果我能得到你手上的戒指,并且怀上你的孩子,你就同意我叫你丈夫。现在这两件事我都做到了,你愿意继续做我的丈夫吗?"

听了海丽娜的话,勃特拉姆一时间竟不知道该说什么好,他仔细地打量着海丽娜,突然发现她是如此的美丽大方,自己以前竟然没有发现过,他为之怦然心动。但为了顾全自己的面子和尊严,他对国王说:"陛下,如果海丽娜能把整件事的来龙去脉说明白,我便答应她继续做她的丈夫,并且会一生一世地疼爱她。"海丽娜听了激动地说:"要是我不能把事情说明白,或者说的与事实不符,那我宁愿从此与你劳燕分飞,永不相见。"

国王和伯爵夫人也想知道这到底是怎么回事,狄安娜母女笑了笑,为众人解答了疑惑。她们把在佛罗伦萨发生的事情,完完整整地告诉了他们,以及在来伯爵府之前,海丽娜让她们母女先来控诉勃特拉姆,等到众人迷惑的时候,海丽娜再出现在大家面前。

听了狄安娜的讲述后,众人才明白过来。经过这件事之后,勃特拉姆终于认识到了自己曾经犯下的过错,他先是对狄安娜母女表示歉意,然后又来到海丽娜身边,跪在她面前对她说:"亲爱的海丽娜,请你原谅我曾经对你造成的伤害,现在我知道错了,我决定痛改前非,以后好好地对你。过去是我蒙蔽了双眼,没有留意到你的美丽、你的善良、你的智慧和你的勇敢。经过这些之后,我发现自己已经深深地爱上了你,请你再给我一次机会,这一次我一定会好好地珍惜你疼爱你的。"

伯爵夫人和国王也感受到了勃特拉姆的诚心,也都劝海丽娜原谅勃特拉姆。海丽娜羞涩地看向众人,告诉他们,如果自己不是早就原谅了勃特拉姆的话,也不会为了得到丈夫的心做这么多的事。众人一听终于明白了,海丽娜从未怨恨过勃特拉姆曾经狠心地对自己,从始至终海丽娜都一直深爱着勃特拉姆,没有过一句怨言。勃特拉姆明白后,暗下决心以后一定要好好疼爱自己的妻子。

国王见海丽娜和勃特拉姆已经重修旧好,非常高兴。他又看了看站在一旁的狄安娜,从她身上他好像看到了海丽娜的影子,曾经海丽娜用她父亲的配方治好了自己的病,现在狄安娜又毫无怨言地一直帮助海丽娜,国王对这位心地善良的姑娘充满了感激,他对狄安娜说:"美丽的姑娘,你的心地是如此的善良。今天多亏了你的帮助,才能让他们这对经历过许多磨难的夫妻重归于好,从这里就能看出来你是个品德高尚的人。如果你现在还没有中意的丈夫,那么你可以在这里找一个适合自己的男人作为自己的丈夫,到时候我会送你一份丰厚的嫁妆。现在让我们带着最忠诚的祝福,祝愿这对夫妻相爱到老吧。"

罗西昂的天空在这一天里分外的晴朗蔚蓝,仿佛也在祝福天下的有情人终成眷属。

仲夏夜之梦

一

赫米娅和拉山德的私奔计划

在一个风和日丽的上午,柔和的风儿平静地吹过爱琴海,耀眼的阳光照射着整座城市。在城市中最豪华的宫殿里,位高权重的公爵忒修斯正在和他心爱的女人希波吕忒互诉着缠绵的情话,深情地看着对方,两个人将会在四天之后举行婚礼。

正在这时,城里的老臣伊吉斯带着女儿赫米娅急匆匆地走进殿来。伊吉斯先向忒修斯公爵表示祝贺,然后便气呼呼地看着自己的女儿。忒修斯一直狠器重伊吉斯,看见他一脸气愤的样子,不免疑惑起来,便问伊吉斯发生了什么事情。

伊吉斯先是叹了口气,接着便把自己的烦心事说了出来:"公爵大人,我是来控告我的女儿赫米娅的。原本我是答应把她嫁给一个贵族家的公子狄米特律斯的,可有一个浪荡的小伙子拉山德却一直勾引我的女儿。他经常给我的女儿写些诗句,作为爱情的纪念物;还经常在我家的窗户外面为她唱歌;不仅这样,还经常送些饰品来骗取她的痴情。赫米娅一向对我顺从,但在拉山德的煽惑下,变得总是和我倔强地顶嘴,现在她居然违背我的意愿,要和拉山德在一起。现在我把她带来了,按照我们雅典城的法律,她不遵从我的命令嫁给狄米特律斯,我是不是可以随意地处置她?"

忒修斯公爵第一次遇到这样的事情,一时间也不知道该怎么做才好。当他听完伊吉斯的诉说后,开始有点同情赫米娅,于是他想劝说赫米娅顺从父亲的意思,便对她说道:"赫米娅你有什么想说的吗?你的父亲对于你来说就像是一尊神明,你的生命与容貌都是他给予的。你就像他手中的玩偶,他既可以保全你,同时也能毁灭你。在我看来,狄米特律斯是个很优秀的绅士,为何不考虑嫁给他呢?当然,拉山德也是个很不错的小伙子,但是你的父亲不同意,这样比起来,狄米特律斯就略胜一筹了。"

赫米娅并没有直接回答公爵的问题,而是问他如果自己违背了父亲的意愿会受到什么样的惩罚。公爵告诉她说:"如果你执意不听你父亲的劝告,将会被判处死刑或者永远与男人隔绝,一辈子都不可以嫁人。我想你不会甘心做一辈子修女吧?你那么年轻,就像一朵娇艳的花,如果一辈子不嫁人又有谁能知道你的美好呢?所以我劝你还是不要执迷不悟了,顺从你的父亲,安心地嫁给狄米特律斯吧。"

而赫米娅却回答说如果不能和所爱的人在一起,她宁愿去死也不会把自己的贞操献给自己并不爱的人。而且她还告诉公爵,她的好友海丽娜非常的喜欢

狄米特律斯,两个人曾经交往过一段时间,虽然现在狄米特律斯移情别恋爱上了自己,但是海丽娜依然很爱他,所以她无论如何都不会顺从自己的父亲嫁给他的。

忒修斯见赫米娅态度这样的坚决,也不便再多说什么,但他也没有立即对赫米娅进行判决,而是给她四天的考虑时间,要她在他的婚礼上给他最后的答复。如果到时候她还是这样不服从她父亲的话,他将会按照法律惩罚她终身不嫁。

赫米娅回到家之后非常的伤心,她觉得上帝不公平,为什么不能让她和她心爱的男人在一起。但她自己却也没有办法,于是她便差人去把拉山德请来,想和他商量看看该如何做。

拉山德来了之后,赫米娅把今天发生的事告诉了他,拉山德听完之后也很为难,但是为了和心爱的女人在一起,他急中生智想到了一个办法。他对赫米娅说:"亲爱的不要担心,我忽然想出一个办法来。离雅典城二十里路的地方住着我的一位姑母,她很有钱却无儿无女,她一直把我当亲生儿子看待。我们先躲到她那里去,我们可以在那里结婚,雅典城的法律是波及不到那里的。如果你是爱我的,就请收拾好行李,明天晚上溜出家门,去那片我们相识的森林里,我将会在那里等着你。"

听了拉山德的计划,赫米娅无比的激动,心想也就只有这个办法了,她当下就答应他明晚会和他一起走,并对他说:"我最爱的拉山德!丘比特的箭已经将我们的心紧紧地串连在一起,我对你的爱天地可鉴,我向你发誓明天我一定会准时到达我们约定的地点的。"拉山德在得到赫米娅的同意后,便高兴地离开了。

世界经典文学名著大全
·青少年彩绘版·

拉山德走后,赫米娅开始着手整理自己的行李,正在这时,她的好友海丽娜来到她家中看望她。海丽娜原本和赫米娅是很好的朋友,但她深爱的男人狄米特律斯却爱上了自己的好友,她的心里很不是滋味,之所以今天会来找赫米娅也只是想挖苦她几句。

赫米娅看到自己的好友来家里看她,十分的高兴,对她说:"我美丽的海丽娜,能在这时见到你我真是非常的高兴。"海丽娜却冷淡地对她说:"我美丽吗?和你比起来,这两个字应该不适合我吧。如果我够美丽的话,狄米特律斯也不会抛弃我而爱上了你。"

说完这话,海丽娜的神情变得有些哀伤,接着说:"唉!要是美貌能传染的话,美丽的赫米娅,我希望能染上你的美丽。我要用我的耳朵捕获你的声音,用我的眼睛捕获你的视觉,用我的舌头捕获你那柔美的旋律。你能教教我该如何挽回狄米特律斯的心吗?失去了他,我觉得我的生活了无生趣。"

赫米娅看到好友这样的难过,内心很是自责,原本她是不想把和拉山德逃走的计划告诉她的,但她觉得对于海丽娜的不开心自己是要负一定责任的,于是便把他们的计划说给了海丽娜:"听着我亲爱的朋友,你放心吧,狄米特律斯再也没有机会见到我了。我和拉山德决定离开这里,我和他约定明天晚上在我们相遇的森林里见面,然后我和他一起去他姑母那里生活。在那里,雅典城的法律是约束不了我们的。那片森林你是知道的,以前我们经常在那里游玩。"说完这番话,赫米娅脸上流露出幸福的神色,仿佛现在他们已经离开了雅典城。

二

有魔法的"爱懒花"

海丽娜在听完好友的话之后,开始沉思起来,她在想如果她把赫米娅和拉山德要离开的事,告诉狄米特律斯的话,他是不是就会对赫米娅死心,然后心甘情愿地再回到自己的身边呢?想到这里,她和赫米娅说了些离别的话,并祝她逃跑顺利之后,便起身前往狄米特律斯家。

到了狄米特律斯家里,海丽娜把拉山德和赫米娅要一起离开雅典城的事完完整整地告诉了狄米特律斯,还说她要他亲眼看到他们离开,让狄米特律斯接受现实。她以为他听到这个消息以后,一定会放弃对赫米娅的追求而再次投向她的怀抱。

可她万万没有想到，狄米特律斯一听说心上人要和别的男人逃走，不由得怒火中烧，他暗暗发誓明天晚上要找到拉山德并和他决斗，抢回自己的爱人赫米娅。

在赫米娅与拉山德约定的森林里住着一群小仙子，树叶下、青草中以及花蕊里是他们休息的地方。每当皓月星空、夜深人静的时候，他们就在这里举行晚会，生活得无比快乐。他们也有着自己的领导者，就是仙王奥布朗和仙后提泰妮娅。原本两夫妻生活得非常幸福，可最近却因为一件事两个人闹翻了脸，经常在聚会上吵闹起来，吵到最后总是不欢而散。

仙王和仙后到底是因为什么而吵架呢？原来几个月前，仙后提泰妮娅一个最好的朋友去世了，留下了一个小仙子托她照顾。仙王奥布朗也非常喜欢这个可爱的小仙子，便想把他留在自己身边当侍从。可仙后提泰妮娅却不同意，因为她也是有私心的，想把这个小仙子留在自己的身边，还对仙王说："你死了这条心吧，我是不会把他让给你的，就算你拿整个仙国所有的宝贝来换，我都不会同意的。"

仙王奥布朗看到仙后这样对自己说话，非常的生气，他觉得自己丢了面子，于是便想给仙后提泰妮娅一点惩罚和教训。于是他便找来了森林中最聪明伶俐的小仙子迫克帮忙。

仙王奥布朗对迫克说："你去森林中给我采一种花回来，这种花是被爱神丘比特的箭射过的，原本是乳白色，中箭之后就变成了紫色。这种花叫'爱懒花'。听说如果把这种花的汁液，滴在睡着了的人的眼皮上，无论男女，醒来后第一眼看到的东西，不管是狮子、老虎还是大象，甚至是奇丑无比的驴，他都会无法自拔地爱上他所看见的东西，并且疯狂而又强烈地追求它。等我拿到了'爱懒花'

之后,我就等提泰妮娅睡着的时候,把汁液滴在她的眼皮上,这样等她醒来,无论看到什么丑陋的东西都会无法自拔地爱着它,没错,我就是要用这种方法惩罚她。"

说到这里,奥布朗流露出得意的神色,他接着说道:"当然,我还有另外一种草能解除这种魔法,不过在仙后提泰妮娅没受到惩罚之前,我是不会解除这种魔法的。鬼小子迫克,现在做你该做的事去吧。"说完之后,便回到他住的花蕊里休息去了。

小仙子迫克在仙国里是出了名的伶俐狡猾,有的仙子叫他好人罗宾,也有的仙子叫他鬼精灵。恶作剧是他的拿手好戏,他常常在邻近的村子里玩些滑稽的鬼把戏。

有时他变成一颗熟了的野苹果,躲在老太婆的酒碗里,等她举起碗想喝的时候,他就会跳到她嘴唇上,把一碗麦酒都倒在她那皱瘪的面颊上。有时又变成三条腿的椅子,身材肥胖的婶婶刚要坐下来,好给她的孩子们讲故事,它便突然从她的屁股下溜走,害得婶婶跌坐在地上。于是周围的人都笑得前仰后合起来。他们越想越好笑,鼻涕眼泪都笑了出来,都说从来没有遇到过比这更有趣的事情。

当然,不止是附近村庄里的人们被他整治过,就连高高在上的仙王仙后也被他捉弄过。有一次,仙王乘了一匹肥胖精壮的马来,他就躲在暗处学着马叫,把那马逗得迷迷糊糊的,使奥布朗无法驾驭,搞得仙王和仙后哭笑不得。即使这样,每当仙王奥布朗有重要事情要做的时候,第一个想到的还是迫克。

当仙王把自己的计划告诉迫克之后,他觉得这是一件非常有趣的事情,于是便高高兴兴地去森林里采"爱懒花"。

世界经典文学名著大全
·青少年彩绘版·

迫克走后,仙王奥布朗独自一人在森林中等他。这时他撞见了前来找拉山德决斗的狄米特律斯和跟他在后面的海丽娜。海丽娜一路上一直不厌其烦的,苦苦地表达着对狄米特律斯的爱恋之情,可狄米特律斯一心只想着赫米娅,对待海丽娜的态度只能用冷酷来形容,他不耐烦地对海丽娜说:"你不要再跟着我了,我不爱你,我只想把你甩得远远的,每次看到你,我的头就开始发疼。我要躲开你,躲到森林中去,然后任凭野兽把你处置。"

痴情的海丽娜并没有被他这番冷酷的话语所吓退,反而深情地望着狄米特律斯并对他说:"不,亲爱的我已经决定了,无论你去哪里,我都会无怨无悔地跟着你。如果你让我离开你,还不如让我死在你的手里,好让地狱化为天堂。"狄米特律斯依然不为海丽娜深情的表白所感动,他反而告诉海丽娜自己爱的是赫米娅,叫她对自己死心。

海丽娜的痛苦和痴情被躲在一旁的仙王奥布朗看在眼里,并深深地打动了他,仙王讨厌不忠于爱情的人。奥布朗十分同情可怜的海丽娜,并对狄米特律斯的行径感到很厌烦。奥布朗想尽自己的努力帮帮海丽娜。

当迫克带着采到的"爱懒花"回来的时候,仙王便对他说:"迫克,刚刚我在森林里看到一个可爱的姑娘,她爱上了她身边的年轻人,但那个年轻人既傲慢又负心,你带些'爱懒花'去找他们,等那个傲慢的年轻人睡着的时候,你把这花的汁液滴在他的眼皮上。还要想办法让那位姑娘守在他附近,这样那个年轻人醒来之后,第一眼将会看到姑娘,并且重新恢复对那姑娘的爱情。记住,那个年轻人穿的是雅典式长袍,你可千万不要弄错了。好了,现在我该去教训那个对我无理的提泰妮娅去了。"说完,仙王和迫克分别去做他们要做的事情去了。

仙后提泰妮娅居住的花蕊比一般仙子住的要漂亮百倍,她的房间的四周开

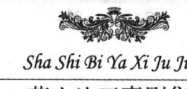

满了五颜六色的鲜花。提泰妮娅每天晚上都要盖着漂亮的被子在这里小睡一会儿。身旁有一群小仙子每天在这里给她唱催眠曲,等到她睡着以后,那些小仙子们才会离去,然后各自去做他们自己的事。

这一天,小仙子们又像往常一样为提泰妮娅唱着催眠曲,歌词中唱到:"两个舌头的花蛇,背上多刺的刺猬,请不要打扰我们仙后的安睡;惹人厌烦的蜥蜴也不要到这里来,免得打扰到仙后的安宁。夜莺啊,放开你那美妙的歌喉,唱一支仙后最爱的催眠曲。睡吧,睡吧,快睡吧;睡吧,睡吧,快睡吧。"仙后在这样的歌声中渐渐睡去。

小仙子们见仙后已经睡着了,便都静悄悄地退了出去,各自回家做自己该做的事。

趁这个机会,仙王奥布朗来到了提泰妮娅的房间里,轻轻地走近仙后,把花汁滴在了她的眼皮上,小声说:"你醒来睁开眼睛看到什么,就会把什么当做真正的情人。"说完他便离开了仙后的房间,然后躲到一旁偷看,他想看仙后醒来之后,将会有什么滑稽的事情发生。

世界经典文学名著大全
·青少年彩绘版·

三

仙草造成的误会

再说赫米娅。她夜晚骗过父亲,带着行李逃出了家门,她来到约定的森林里,看到最爱的拉山德已经站在那里等着她了。他们两个人互相搀扶着赶路,想要尽快离开雅典城,去过他们自在的日子。

可是娇小的赫米娅走了一段路之后便走不动了,拉山德非常的心疼她,便提议停下来休息一下,等到天亮了他们再继续赶路,赫米娅同意了。赫米娅实在是太累了,躺在地上不一会儿就睡着了。拉山德在离她不远的地方守护着,可能也是太累的缘故,过了不久,拉山德也渐渐地进入了甜蜜的梦乡。

迫克一直在森林中飞来飞去,寻找着仙王口中的负心人。这时他发现了睡在草地上的拉山德和不远处同样睡着的赫米娅。迫克看他也穿着仙王口中的雅典式长袍,便误以为他是狄米特律斯。

他想,这个人应该就是仙王说的那个年轻人,等到他醒来之后肯定第一个会看到的,就是睡在不远处的那位姑娘。于是迫克便毫不犹豫地把爱懒花的汁液滴在了拉山德的眼皮上,然后便赶紧飞走了,想要尽快去报告仙王,他已经把他交待的事情办好了。

而在黑暗的森林里的另一个角落里,海丽娜忘记了恐怖,也忘记了疲劳,依然拼命地追随狄米特律斯,她悲伤地哀求着:"你这样还不如杀死我,我请求你停下脚步好吗,我快跟不上了,请不要把我一个人丢在这黑暗的森林里,我会害怕的。"

狄米特律斯丝毫没有动心,反而恶狠狠地对海丽娜说道:"你快离我远一点,我不想看到你,我要独自走我的路。不要再跟着我了,否则我会杀了你。"说完他又加快了行走的脚步,越走越远。

疲惫的海丽娜不一会儿就被迪米特律斯甩开了,她已经累得气喘吁吁了,腿一软跌坐在了草地上,忽然她看到在不远处躺着一个人,不禁心里打了个冷战,她壮着胆子站了起来,走向那个躺着的人。走近一看,才发现是赫米娅的心上人拉山德。好心的海丽娜怕拉山德睡在草地上着凉,于是便把拉山德摇醒,并问他为什么独自一人躺着这里,赫米娅去哪里了?

拉山德醒来之后,睁开眼睛第一个看到的是海丽娜,爱懒花的汁液马上就起了作用,他瞬间觉得海丽娜是那么的美丽动人,内心萌发着炽烈的爱情,他仿佛没有听见海丽娜的询问,而是拉起她的手对她说:"赫米娅在哪里并不重要,

世界经典文学名著大全
·青少年彩绘版·

我根本不爱他,我现在爱的是你,我亲爱的海丽娜。男人的意志是被理性所支配的,理性告诉我你比她更值得我去爱,值得我去拥有。在你的眼睛里,我可以读到一段最经典的爱情故事,就是你和我的爱情故事。"

海丽娜听了拉山德这番奇怪的表白,并没有觉得高兴,反而觉得拉山德的这番赞美更像是在讽刺自己。因为她知道拉山德一直深爱着赫米娅,而自己又是赫米娅最好的朋友。拉山德都可以为了爱情带着赫米娅逃跑,又怎么会轻易的爱上自己呢!

海丽娜很不高兴,但是拉山德却不断地对她说着爱恋的话,他说:"噢,海丽娜,你的皮肤是如此的白嫩,比黝黑的赫米娅强多了,就好像白鸽比乌鸦漂亮一样。我愿意心甘情愿为你做任何事,甚至赴汤蹈火,也在所不辞。"海丽娜真的生气了,一边气呼呼地往前走,一边大声地责备拉山德:"我以前得罪过你吗?为什么要这样的讥讽我呢!我从来不曾得到过,也永远不会得到,狄米特律斯已经离开了我,难道你还不放过我吗?"

他们走后,沉睡的赫米娅被厄梦惊醒,当她醒来之后,发现森林里一片寂静,只能听见风吹动树叶的声音。当她发现睡在不远处的拉山德不见了的时候,她又急又害怕,在森林里大声喊着拉山德的名字,却还是没有看到拉山德的身影。赫米娅不知道她深爱的拉山德已经把她忘记,而去追赶海丽娜去了。

狄米特律斯甩掉了海丽娜,继续在森林里寻找赫米娅,却一直都没有找到。由于他走路很快,不一会儿就又累又困,便想坐在草地上休息一会儿,可谁知坐着坐着他就睡着了。

仙王奥布朗和小仙子迫克在森林里巡视的时候,看到了狄米特律斯,于是便问迫克是不是已给他滴上了爱懒花的汁液。迫克看了看沉睡的狄米特律

斯,然后惊讶地对仙王说:"不,不是这个人,仙王,是另一个和他一样穿着雅典式长袍的男人。"仙王听了以后知道是迫克弄错了,但他不知道迫克这么做是故意的还是无心的。迫克坚决地说这次是真的搞错了,不是恶作剧,但他又说他喜欢看到因为误会而争吵的画面。仙王相信了他说的话,并教训迫克下次做事不能这么粗心,然后把爱懒花的汁液滴在了狄米特律斯的眼皮上。

等狄米特律斯醒来的时候,正好看见刚刚甩掉拉山德的海丽娜,他忽然觉得海丽娜比任何女子都美丽,心中又重新燃起了对她的爱情火焰。他用那柔情的目光看着她,并对她说:"海丽娜,你真是一位完美的女神,是圣洁的天使。我要用什么来形容你那明媚的眼睛呢?水晶和它相比是如此的逊色;你那水嫩的嘴唇,看上去像熟了的樱桃,那么的诱人;再看看你那洁白的玉手,冬天的白雪和它相比是那么的灰黑。美丽的女神,我已经深深地爱上了你。"他还说要与她重新修好,并向天发誓自己对她的爱是最真诚最狂热的。

正在这时,追赶海丽娜的拉山德也赶了上来,还是继续对她说着爱恋的话。海丽娜听了这两个人的表白,并没有高兴起来,而是觉得迪米特律斯和拉山德是串通起来讽刺她。海丽娜生气了,对他们吼道:"我知道你们都讨厌我,我也明白你们这是在取笑我。没有人爱我,我已经够可怜了,为什么你们还要联合起来嘲弄我呢?你们看上去都是堂堂的男子汉,可是你们怎么能这样逼我一个弱女子,看到我哭你们很高兴,很得意是吗?你们太过分了。"

海丽娜正在气愤的时候,赫米娅也跌跌撞撞地追到了这里,看到了他们。海丽娜不禁有些吃惊,但马上她好像就明白了一切。她认为狄米特律斯和拉山德依然爱着赫米娅,他们三个人串通起来愚弄她,想看她出尽洋相。

最吃惊的不是海丽娜,而是赫米娅,她看到拉山德把自己丢到黑暗的森林不管,而是和迪米特律斯一道追随海丽娜,还争先恐后地向海丽娜求爱示好。赫米娅的心里非常的难受,不愿接受这样的事实,便问拉山德:"在黑暗的森林里,你为什么忍心把我一个人丢在那里呢?我是你最爱的人啊。"拉山德看都没有看赫米娅,冷漠地回答道:"你不是我的爱人,我爱的人是海丽娜,我就是追随她而来的。"

赫米娅简直难以相信这些话是出自拉山德之口,她伤心极了,她一再对拉山德说着爱他的话,拉山德不为所动,反而觉得赫米娅太讨人厌,竟然开口辱骂了赫米娅。

赫米亚无法接受拉山德辱骂自己的事实,伤心地对他说:"啊!还有什么事情能比你厌恨我更残忍的吗?厌恨我!为什么呢?天哪!究竟是怎么一回事呢,难道我不是赫米娅了吗?难道你不是拉山德了吗?我依然是以前的赫米娅,你可已经不再是以前的拉山德了。就在这一夜里你还曾爱过我,但同时也在这一夜里你离开了我。天哪,拉山德,你快告诉我这不是真的。"说着赫米亚紧紧拉着拉山德的手。

拉山德无情地推开她,并用着厌烦的口气对她说:"走开,黑鬼。我不想再看到你这张丑陋的嘴脸了。你不用怀疑我说的话,我说的都是真的,我深爱着海丽娜,而且会一直这样爱下去。"

赫米娅气坏了,她误以为这一切都是海丽娜的计谋,而海丽娜又觉得这件事,是她的好友和那两个男人串通好了来嘲笑她,便不禁和赫米娅争执了起来。海丽娜生气地对赫米娅说:"现在我终于明白了,原来是你们三个人串通好了一起来嘲笑我的。赫米娅,你太过分了,居然这样的没有良心!你竟然和这两个人一同算计着我,和我开这种卑鄙的玩笑。"

说到这里,海丽娜不禁伤心起来,她接着说:"曾经我们两个是多么要好的姐妹,没想到你这么快就忘记了我们曾经的友谊。啊!你难道都已经忘记了吗?我们在同学时的那种情谊,童年时的我们是那么的天真,你都已经完全丢在脑后了吗?赫米娅,我们两人曾经像两个巧手的神匠,在一起绣着同一朵花,描着同一个图样,我们同坐在一个椅垫上,齐声唱着同一首歌曲,就像我们的手、我们的身体、我们的声音、我们的思想,都是连在一起不可分的样子。我们是并蒂的樱桃,在同一棵树上成长,我们的关系一直是被别人羡慕和嫉妒的。我们是结在同一茎上的两颗可爱的果实,我们的身体虽然分开,我们的心却只有一个。现在你把从前的友谊丢弃不顾,而和男人们联合起来嘲弄你可怜的朋友,你不觉得很过分吗?不单是我,所有的女人都可以攻击你,虽然受到委屈的只是我一个。"

赫米娅也很生气,一边解释一边责怪地对海丽娜说:"你说的这些话真是让我莫名其妙。你是我最好的朋友,我怎么会和别人联合起来嘲弄你呢。现在拉山德也不理我了,反而热烈地追求与你,我还想问问你到底对他做了些什么,以至于他这么无情地对我,是不是你们联合起来嘲弄我?"

海丽娜却不以为然地回答说:"你们尽管装下去吧,在我面前装成一副痛苦的样子,可是等我一转过身去,你们就会对我做鬼脸。然后你们又挤眉弄眼,绷着脸把这个有趣的玩笑开下去。只要你们稍微还有点怜悯之心,稍微懂得点风度或是礼数,你们就不会这么对待我的。如果你还把我当朋友的话,就请停止这个无聊的游戏。"

这边海丽娜和赫米娅互相责备,越吵越凶;而另一边迪米特律斯和拉山德两个人,为了赢得海丽娜的爱,竟然跑到森林深处决斗去了。

四

仙王和仙后和好

  仙王奥布朗和鬼精灵迫克把四个人的争吵看在眼里,奥布朗不禁责备起迫克:"看看,这又是你搞的鬼吧,由于你的疏忽,害得这两个年轻人争吵,那两个姑娘伤心。你说你该怎么做才能弥补这个过失?"迫克连忙解释说这次真的是无心的,不是故意捣蛋,但看着他们吵闹,迫克还是觉得挺有意思的。

  仙王奥布朗哭笑不得,赶紧板起脸对迫克说:"你也听见了,那两个年轻人要找地方去决斗呢!现在听我来安排,你快去弄来些浓雾把天色变得更暗一些。然后再引这两个声势汹汹的年轻人迷失了路,不要让他们碰在一起。有时你学着拉山德的声音痛骂狄米特律斯,叫他气得直跳,有时学着狄米特律斯的样子

斥责拉山德。用这种法子把他们两个分开，直到他们奔波得精疲力竭，沉睡在草地上的时候，然后你把这草挤出汁来涂在拉山德的眼睛上，它能够解去一切的误会，使他的眼睛恢复从前的眼光。等他们醒来之后，这一切的戏谑，就会像是一场梦境或是空虚的幻象一样在他们记忆中消失。这一班恋人们便将回到雅典去，而且将订下白头到老、永无尽期的盟约。好了，就这样吧迫克，去做吧！我该回去看看仙后提泰妮娅找到了一个什么可爱的人。"

仙王说完这句话，调皮的迫克却忽然哈哈大笑起来。到底发生了什么，能让迫克这么高兴呢？

原来，出现在这片森林里的，除了那四个感情错乱的年轻人之外，还有另外的一伙人，他们是雅典城中的工匠，为了庆贺忒修斯的结婚庆典，特意来到僻静的森林里来排练一出戏剧。这群工匠里有个叫波顿的年轻人，他是这些工匠中最愚钝的一个，总是会莫名其妙地说些胡话。

这一天他又像平时一样来到森林里去找他的伙伴，可是愚钝的波顿却在森林里迷了路，走着走着他就累了，便躺在草地上睡起觉来。正巧撞见了鬼机灵迫克。迫克看到这个人之后，心里暗暗打定了一个主意。他觉得这个人正好是上帝赐予仙王奥布朗，来惩罚仙后提泰妮娅的。

爱玩的心理使得迫克找来一个驴头的空壳套在波顿的脑袋上，然后又精心把他装扮了一下。一切都弄好之后，他仔细看了下波顿，那个驴头就好像天生是长在上面似的，丝毫没有任何的破绽。迫克满意地点点头，然后自言自语地说道："就把这个滑稽的人带到提泰妮娅面前去吧，让他充当一下她的爱人。"说完便把那个波顿带到仙后睡觉的地方。

仙王奥布朗听完迫克的诉说，对他所做的事情非常的满意。奥布朗急切地想看看仙后爱上一个长着驴头的蠢材，该是一出多么滑稽的情景。于是他便飞到提泰妮娅住的地方，并躲在一旁偷看。那个愚钝的波顿，还搞不清楚发生了什么。看到身边睡着一位貌美的妇人，他本不想惊醒她，可是他笨拙的动作却不小心把仙后弄醒了。

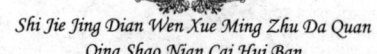

提泰妮娅醒来之后,第一个看到的就是这个长了驴头的波顿,由于爱懒花汁液的作用,她深深地爱上了这个有着驴头的蠢人,她温柔地看着波顿并对他说:"你是哪里来的天神,惊扰了我的美梦?"波顿哪里见过这样的场面,竟支支吾吾地语无伦次起来。虽然这个波顿说出的话没有头绪,但在提泰妮娅听起来,却是那般的动听悦耳,仿佛听到了美妙的歌声。

仙后非常的高兴,对波顿说:"亲爱的人啊,我的耳朵为你那动听的歌声所沉迷,我的眼睛又被你俊美的容颜所迷惑。虽然这是我们第一次见面,但我觉得我们前世就应该是认识的,并且是深深相爱的恋人,我已经无法自拔地爱上你了,你是那么的俊美聪明,真是上天赐给我最好的礼物。"

愚蠢的波顿听了仙后这番赞美之词之后,不禁脸红起来,他不好意思地说着:"噢,亲爱的太太,不要这么说,我担当不起,我只是一个平凡的工匠。说到聪明,哎,那就更和我不沾边了,因为我连这座森林都走不出去,又怎么能称得上是聪明呢?"

提泰妮娅已经深深地迷恋上了波顿,一听见他想要离开这座森林,连忙对他说:"不,亲爱的先生,请你不要离开森林,不要离开我。你一定要留在这里,我是那么的爱你,如果你离开了,我该怎么活下去?"

提泰妮娅深情地望着波顿,接着说:"请你安心留在这里,我会让一群小仙子们伺候你,他们一向是有求必应的,如果有哪里令你不满意的就告诉我,我一定会尽最大努力满足你。"为了证明自己说的是真的,提泰妮娅马上把自己最钟爱的几个小仙子叫到身边来,告诉他们从现在起波顿就是他们的主人,他提出的任何要求都要尽全力满足他。

提泰妮娅还是不太放心,便又嘱咐那几个小仙子说:"你们要细心地照顾这位先生,他是我的贵客。当他四处走动的时候,你们要在周围保护他;当他停下来休息的时候,你们为他唱歌跳舞逗他开心;当他饿了的时候,你们要想尽办法弄些吃的来给他吃;到了晚上,如果他想出去走走,你们要为他捉些萤火虫来,为这位先生照亮他要走的路。听明白了吗?"这几个小仙子连忙答应一定做到。

提泰妮娅让小仙子们把波顿带到自己的房间里去,她温柔地对波顿说:"来,亲爱的,坐到我的床上来,我好想亲吻下你那俊美的脸蛋,顺便再亲下你那可爱的大耳朵。"

波顿对于仙后提泰妮娅对自己说的缠绵话,已经不会像开始时那样觉得难为情了。现在他对她赐给他的几个小仙子产生了兴趣,一直以来都是他在伺候别人,这一次却是别人伺候他,他想试试自己到底有多大的权力,于是便对其中的一个仙子说:"你过来下,我的头皮有些发痒,你可以为我抓一抓吗?"

小仙子听见波顿的话,连忙照他说的去做,毕竟他是仙后的贵宾。波顿尝到甜头之后,觉得指使人很有趣,他便一会儿叫小仙子们做这,一会儿又叫他们去做那,就好像仙后给他指使人的权利,如果不用就会浪费了似的。

提泰妮娅十分关心自己的心上人,怕他待得烦闷,便问波顿:"想听点音乐吗?我这里的这些小仙子们唱歌是非常好听的;或者有没有想吃的东西呢?从我见到你到现在,你好像什么都没有吃过呢。"

愚蠢的波顿怎么会理解音乐的美妙呢,他对仙后说,他不喜欢听音乐,至于吃的东西,他居然对仙后说想吃干草,只不过是套了个驴头的壳,他还真把自己看作一头驴了。波顿吃过东西后,就觉得困倦了,提泰妮娅热情地抱着波顿在自己的房间里休息,仙后的双眼一直都没有离开过他,仿佛这样看下去一辈子都不会看够。

正在这时仙王奥布朗慢慢地走进提泰妮娅的房间,目光落在了相拥的两个人身上。原来奥布朗在和迫克分手后就来到了这里,他一直躲在角落里看着他们,他本想亲眼看着仙后出尽丑态,可当他看到提泰妮娅对波顿痴迷爱恋到快发疯的程度时,仙王觉得自己对仙后做的有些残忍了。因为这一切毕竟都是自己找来的爱懒花的汁液的作用造成的。

仙王觉得自己做的有些过分,不禁自责起来,他想:"我只是想教训教训她,让她以后对我尊重些,然后让她答应叫那个漂亮的小仙子做我的侍从,没想到却害她成了这样。是时候解除她身上的魔法了。"

奥布朗的出现,让仙后提泰妮娅清醒了不少,当她发现自己还抱着波顿时,不由得觉得难为情起来。仙王趁机责怪她怎么可以对一头蠢驴付出自己的真感情,还把他打扮得十分漂亮,同时还责备仙后不应该把一头驴抱在怀里。

对于仙王的指责,仙后无言以对,因为奥布朗说的这些全部都是事实。被自己的丈夫撞见这样的场面,提泰妮娅觉得很丢脸,她小心翼翼地来到奥布朗身边,牵起他的手叫他不要生气,并低三下四地求他原谅自己。当奥布朗提起想要那个漂亮的小仙子做自己的侍从时,仙后马上毫不犹豫地答应了他,并且乖乖地派人把那个小仙子送了过去。

奥布朗觉得自己的妻子已经得到了教训,并且自己已经把她折磨得够苦了,便拿出了解除爱懒花汁液作用的另一种草,在提泰妮娅的眼皮上滴了一滴汁液,对她说:"我亲爱的仙后,恢复你的本性吧,忘记之前的那些情景。醒醒吧,我最爱的提泰妮娅。"

说完这些话,仙后果然如梦初醒,她疑惑地看着自己的丈夫,回想着自己刚刚做的梦,对奥布朗说:"亲爱的,你绝对想象不到我刚刚做了一个多么不可思议的梦,我梦见自己竟然爱上了一头驴。天啊,这简直是对我的一种侮辱。"奥布朗笑着看着自己的妻子,叫她在房间里好好休息,他还有一些事情需要处理。

他要处理什么?当然是那个带着驴头的波顿,奥布朗叫迫克摘掉波顿的驴头。驴头被拿下来的时候,愚蠢的波顿居然还在呼呼大睡。迫克本想叫醒他,却被奥布朗阻止了,并嘱咐迫克让他继续睡吧,毕竟正是因为有这个人的帮忙,才能让他和仙后和好。

仙王回到房间之后,拉起提泰妮娅的手深情地说:"我的王后,不要再去想那个无聊的梦了。以后我们不要再为了一些小事争吵了,让我们开始新的生活。"提泰妮娅见自己的丈夫如此温柔地对待自己,心里十分的感动,她觉得自己以前不应该那么强硬地对他,心里暗暗发誓以后要好好地对待奥布朗。

五

各拥所爱

这件事以后,仙王和仙后重归于好,森林里又恢复了以前的欢歌笑语。奥布朗向仙后提起了他和迫克本想帮助一位用情至深的姑娘,使她重新获得她深爱的男人的爱,却不想弄巧成拙,造成了这四个年轻人的争吵与误会。提泰妮娅对这四个人最后的结局很好奇,便央求奥布朗带她去看看那几个人,奥布朗答应了她的要求。他不仅带上了仙后,还带上了其他的仙子们。

当他们赶到的时候,拉山德和狄米特律斯还躺在草地上沉沉地睡着,他们实在是太累了。不知所以的提泰妮娅觉得很奇怪,便问自己的丈夫为什么他们会睡在这里,她们心爱的姑娘又在哪里?

奥布朗告诉她,这一切都是迫克的粗心惹的祸。正是因为迫克的过错,才导致

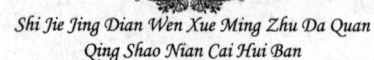

两个原本关系很好的姑娘反目,更使得那两个年轻人要去森林的深处决斗。为了弥补自己的过错,迫克想尽一切办法使两个年轻人分开,结果使得他们十分的疲惫,躺在草地上就睡着了。

迫克拿着仙王给他的能解除爱懒花汁液作用的另一种草,把它滴在拉山德的眼皮上,不一会儿,拉山德身上的魔力解除了,他渐渐地苏醒了过来,拉山德醒来的第一件事就是去找他深爱的赫米娅,他完全不记得自己曾经疯狂地迷恋海丽娜,还对赫米娅进行了辱骂的那些事。

拉山德找到了赫米娅,紧紧地把她抱在怀里,诉说着思念之情和担心她的话。赫米娅看到拉山德又像以前一样的深爱着自己,她既感到高兴,又有些迷惑不解。高兴的是拉山德又回到了她的身边,不解的是之前发生的所有奇怪的事。

她把自己的奇遇讲给拉山德听,两个人都觉得很奇怪,却又不知道发生了什么。最后两个人总结出一个结论,那就是赫米娅做了一个非常奇怪的梦。

又过了一会儿,狄米特律斯也醒了过来。他再一次看到了身边的海丽娜,他是真真切切地爱上了她,便温柔地对海丽娜说:"我不知道是什么原因,让我突然觉得自己没有深爱过赫米娅。我的心里只容得下海丽娜你一个人。就像对待童年时所爱的一件玩具的记忆一样,我的一颗心以及我全部的爱,都只属于你一个人。在我还没有遇到赫米娅之前,我就一直深爱着你,现在我更要把我全部的爱,毫无保留地奉献给你。请你相信我所说的一切都是我的肺腑之言。"

海丽娜的心里一直都深爱着狄米特律斯,听见自己心上人这番表白后,她终于感受到狄米特律斯是真心实意地爱着自己,便高兴地投向了心上人的怀

抱。当然她没有忘记，因为这段奇怪的经历，差点和自己最好的朋友反目成仇，她觉得自己做得很过分。于是海丽娜主动和赫米娅道歉，说自己不应该怀疑她们的友谊。

赫米娅原谅了海丽娜，还对她说其实她也有不对的地方。两位姑娘和好如初。狄米特律斯也觉得自己当初不应该对拉山德说那些尖酸刻薄的话，便为自己的粗鲁向拉山德道歉。就这样，这四个年轻人在森林里各自反省起来。

两对爱人终成眷属，他们的友谊也恢复了当初，甚至可能会比以前更深厚。这一切都被躲在暗处的仙王奥布朗和仙后提泰妮娅以及其他小仙子们看在眼里，他们由衷地在心里祝福着他们。

正在四个人谈论他们在森林中的奇遇时，赫米娅的父亲伊吉斯和公爵忒修斯匆匆忙忙地赶来。伊吉斯在发现女儿被拉山德拐走了之后，急忙找到了忒修斯公爵，并带着人连夜追来。当忒修斯公爵看到四个年轻人正高高兴兴地谈论时，他惊奇不已，他在想拉山德和狄米特律斯原本是水火不容的两个人，是一对冤家，怎么现在会这么和气地在谈笑呢？

为了解答自己心中的疑惑，忒修斯便问他们发生了什么事。拉山德牵着赫米娅的手回答忒修斯说："公爵大人，我们也说不清是怎么回事，仿佛像是做了一场梦一样。请饶恕我的罪过，我和赫米娅原本是打算逃出雅典城，来逃避雅典城那冰冷的法律的，但没想到……"

"够了，不要再说下去了。"伊吉斯一听见拉山德确实是要带着女儿逃跑时，不禁火气就上来了，他打断了拉山德的话，转身对忒修斯公爵说："公爵大人，他说的话你也是听到的，现在我请求你，依法惩治带走我女儿的拉山德，并且按照法律让我那不听话的女儿得到应有的惩罚。"

世界经典文学名著大全
·青少年彩绘版·

听伊吉斯说的话,狄米特律斯觉得这个时候自己应该说些什么,他站起来对众人说:"公爵大人,是海丽娜告诉了我赫米亚和拉山德要逃走的事。最初听到这个消息的时候,我非常的生气,所以决定追踪并阻止他们。海丽娜深深爱着我,她也跟着我一起来了。我不知道是什么样的一种力量让我对赫米亚的爱,会像霜雪一样的融化。现在我一切的忠心,一切的爱恋,一切热烈的目光都是属于海丽娜一个人的。我在没有认识赫米亚之前,就已经和海丽娜订过誓言。现在我追求着她,珍爱着她,而且不久以后我还会娶她,将会一辈子忠心于她。"

说完这些,赫米娅和拉山德也表示他们彼此是真心相爱的,希望能得到父亲的成全。到了这个时候伊吉斯无话可说了,因为狄米特律斯已经不再爱自己的女儿了,他还能阻止什么呢?

忒修斯公爵也乐于看到这样的结局,便对他们说:"年轻人,你们说得对,真正的爱情应该得到尊重。"他又转身对伊吉斯说:"老人家,您的意志这次就委屈一下吧,看在他们彼此相爱的分上,就成全他们吧,再过几天就让她们和我一起举行婚礼吧。"公爵都这样说了,伊吉斯还能说些什么,他也乐于看到自己的女儿得到幸福,便不再反对,并答应公爵一定照办。

几天之后,雅典城被装饰得五彩缤纷,忒修斯公爵和希波吕忒女王,赫米娅和拉山德,还有海丽娜和狄米特律斯,在礼堂里举行着盛大的婚礼。全城的人们都在欢歌笑语中祝福着他们,在森林里排练过的工匠们,把他们精心准备的节目表演给这三对新人看。

当然,躲在角落里的仙王奥布朗和仙后提泰妮娅也在默默地祝福着他们,希望他们在经历了仲夏夜一场难忘的梦幻之后,能够永远地相爱。

第一辑
格林童话
安徒生童话
王尔德童话
爱丽丝漫游奇境记
绿野仙踪
列那狐的故事
小鹿斑比
水孩子
小公主
秘密花园

第二辑
东周列国志
三十六计
杨家将
史记故事
孙子兵法
森林报
昆虫记
福尔摩斯探案故事
莎士比亚悲剧集
莎士比亚喜剧集

第三辑
好兵帅克历险记
苦儿流浪记
孤女寻亲记
堂吉诃德
飘
简·爱
呼啸山庄
傲慢与偏见
一千零一夜
欧也妮·葛朗台

第四辑
伊索寓言
王子与贫儿
鲁滨逊漂流记
尼尔斯骑鹅旅行记
汤姆·索亚历险记
哈克贝利·费恩历险记
金银岛
神秘岛
白鲸
海底两万里

第五辑
名人传
战争与和平
猎人笔记
双城记
童年·在人间·我的大学
茶花女
漂亮朋友
野性的呼唤
红与黑
父与子

第六辑
国学经典
包公案
狄公案
济公传
老残游记
儒林外史
儿女英雄传
古文观止
三言
二拍

第七辑
悲惨世界
巴黎圣母院
三个火枪手
上尉的女儿
理智与情感
基督山伯爵
钢铁是怎样炼成的
莫泊桑短篇小说选
汤姆叔叔的小屋
雾都孤儿

第八辑
红楼梦
西游记
三国演义
水浒传
聊斋志异
说岳全传
三侠五义
封神演义
隋唐演义
镜花缘

第九辑
弃儿汤姆·琼斯史
小妇人
母亲
小海蒂
柳林风声
唐宋传奇
搜神记
曾国藩家书
琵琶记
元代戏曲选编

第十辑
波丽安娜
海狼
红字
高老头
包法利夫人
苔丝
复活
名利场
罪与罚
死魂灵
希腊神话
木偶奇遇记